BASTEI LÜBBE

BARBARA CARTLAND

Die Siam-Saphire

Aus dem Englischen
von Esther Facius

BASTEI LÜBBE

BASTEI-LÜBBE-TASCHENBUCH
Band 11908

Deutsche Erstveröffentlichung
Titel der Originalausgabe: Saphires In Siam

Printed in Dezember 1992
Einbandgestaltung: Roland Winkler
Satz: Kremerdruck GmbH, Lindlar
ISBN 3-404-11908-8

1

1898

Der Marquis von Vale lag mit geschlossenen Augen auf dem Diwan.

Er langweilte sich.

Alles war ihm zuwider.

Das weiche Lager, auf dem er ruhte, das ungelüftete Zimmer, der Duft des schweren Parfüms, das seine Leidenschaft anfachen sollte.

Vor allem aber die Lady an seiner Seite, die sich wie eine Klette an ihn klammerte.

Langeweile gehörte zum Leben des Marquis. Besonders, wenn Frauen mit im Spiel waren. Und diesmal war es besonders schnell gegangen, denn er war mit Lady Sybil Westlock erst zum zweiten Mal im Bett zusammen.

Das Ärgerliche ist, überlegte der Marquis, daß all diesen Begegnungen die Originalität fehlt.

Bereits zu Beginn des Abends hatte er mit beinahe absoluter Sicherheit voraussagen können, was sie miteinander sprechen und welche Dinge zwischen ihnen geschehen würden.

Die Erinnerung an seine letzten Liebesaffären zeigte

ihm mit erschreckender Deutlichkeit, daß sie sich kaum voneinander unterschieden: eine so öde und gleichförmig wie die andere.

Die Uniformität und Eintönigkeit der Begegnungen versetzte ihn in den Zustand des Überdrusses, meist noch, bevor die in Frage kommende Dame etwas davon bemerkte.

Der Marquis erwartete von den Frauen, in die er sich verliebte, das Besondere, suchte das Ursprüngliche in ihnen, die Persönlichkeit und Individualität, die sie von ihren Geschlechtsgenossinnen unterschied.

Das Besondere, Unerwartete waren die Kennzeichen seines bisherigen Lebens. Es strotzte gleichsam vor Überraschungen und ungewöhnlichen Wendungen.

Nach dem Studium in Oxford war er zur Armee gegangen und hatte sich als hervorragender Soldat und ungewöhnlich fähiger Kommandeur – besonders auf dem Schlachtfeld – erwiesen.

Dann entsandte man ihn aufgrund seiner beeindrukkenden Persönlichkeit und wegen seines diplomatischen Geschicks als Aide-de-Camp des Vizekönigs nach Indien.

Und während er als Mitglied des Raj den fernen Osten durchreiste, gelangte er unerwartet in den Genuß eines riesigen Vermögens, das sein Großvater mütterlicherseits ihm hinterließ.

Um dem Pomp und den Konventionen des gesellschaftlichen Lebens und dem Dienst in Indien zu entfliehen, nahm er kurzentschlossen seinen Abschied aus der Armee und segelte in der Welt umher.

Seine weiten Reisen brachten ihn mit allen möglichen Menschen zusammen, mit ausgefallenen Religionen und fremden Kulturen, und oft genug geriet er in beinahe ausweglose Situationen.

Sein Vater starb, und er erbte den Marquistitel. Dies geschah wieder völlig überraschend und unerwartet, da sein älterer Bruder, der eigentliche Anwärter auf den Titel, im Krieg sein Leben gelassen hatte.

So fand er sich plötzlich in der exklusiven und vergnügungssüchtigen Atmosphäre der Londoner Gesellschaft wieder, in der der Prinz von Wales den Ton angab.

Es konnte nicht ausbleiben, daß er innerhalb kürzester Zeit zur persona grata auf Marlborough House aufstieg.

Und noch unvermeidlicher war es, daß jede Frau, die ihm begegnete, ein einladendes Leuchten in den Augen hatte.

In der ersten Zeit konnte der Marquis dieser Art von Verlockungen nicht widerstehen, denn die englischen Ladies von Rang unterschieden sich sehr deutlich von den Frauen, die er auf seinen Reisen kennengelernt hatte.

Doch schon bald sollte sich für ihn die Wahrheit des zynischen Sprichworts bestätigen: »Nachts sind alle Katzen grau«. Und mit einem gewissen Widerwillen registrierte er die Eintönigkeit seiner ständig wechselnden Liebschaften, die immer schneller und immer enttäuschender in gähnender Langeweile endeten.

Wenn er ehrlich war, reizte ihn daran nur eins: die vorausgehende Jagd nach der Beute.

Sie vermittelte ihm das gleiche Gefühl von Erregung und Spannung, das er empfunden hatte, wenn er in den

Wäldern Ungarns einen Bären oder in den Bergen des Himalaya ein Hochwild gejagt hatte.

Sobald sich eine schöne Frau ihm ergab, hatte er das Interesse an ihr schon so gut wie verloren.

Im Fall von Lady Sybil war die Sache allerdings ein wenig anders verlaufen.

Sie war der Jäger gewesen und er das Wild. Nach zwei Monaten ausdauernder und beharrlicher Verfolgung war er ihr schließlich ins Netz gegangen.

Lady Sybil war eine ungewöhnlich schöne Frau.

Als er sie nach einem ausgiebigen Essen mit dem Prinzen und der Prinzessin von Wales auf Marlborough House im Ballsaal zum erstenmal gesehen hatte, war er von ihrer Schönheit regelrecht hingerissen gewesen.

Es hatte keiner großen Anstrengungen bedurft, bis Lady Sybils Bemühungen um ihn von Erfolg gekrönt wurden. Der Marquis streckte zwei Monate nach ihrer ersten Begegnung die Waffen. Aber dann dauerte es nur kurze Zeit, bis er erkannte, daß die bewunderte Jägerin nicht anders war als alle anderen Frauen, die er in den vergangenen Jahren, unzufrieden und gelangweilt, so schnell wie möglich wieder verlassen hatte.

Kein Zweifel, Lady Sybil war außergewöhnlich anziehend.

Sie besaß die Schönheit einer griechischen Göttin, und ihr Haar hatte die Farbe des Himmels, den die untergehende Sonne in glühendes Gold verwandelt.

Doch der Blick ihrer großen Augen wirkte seltsam leer, und nie sagte sie auch nur ein einziges Wort, an das er sich später erinnert hätte.

Sie war eine Meisterin der Liebeskunst, der Marquis

konnte es nicht leugnen. Doch er hatte das Gefühl, daß es ihn nach mehr verlangte als nur körperlicher Befriedigung.

Was genau es war, konnte er nicht einmal sich selbst erklären.

Er schlug das spitzengesäumte Seidenlaken zurück, und als er sich anschickte, das Lager zu verlassen, stieß Lady Sybil einen gequälten Laut aus.

»Du läßt mich doch nicht allein, Osmond?« rief sie vorwurfsvoll.

»Es ist Zeit für mich, nach Hause zu gehen.«

»Aber es ist doch noch so früh. Was soll ich denn ohne dich machen?«

Der Marquis gab keine Antwort, und sie sprach weiter, während ihre Hände ihn liebkosten

»Niemand ist ein besserer Liebhaber als du. Ich finde es wundervoll, daß wir morgen abend schon wieder zusammensein können, jetzt, da Edward nicht da ist.«

Für den Marquis stand fest, daß ein solches Zusammensein für ihn nicht mehr in Frage kam. Aber er war taktvoll genug zu schweigen.

Er war nur mit Mühe imstande aufzustehen, denn Lady Sybil bemühte sich mit aller Kraft, ihn daran zu hindern.

Als ihr dies nicht gelang, ließ sie sich schmollend in die Kissen zurückfallen.

»Ich begreife einfach nicht, weshalb du gehen mußt, wo sich doch vor fünf Uhr früh niemand im Haus sehen läßt.«

»Du vergißt, ich muß daheim sein, bevor meine Dienerschaft aufwacht«, erwiderte er.

Lady Sybil lachte.

»Inzwischen dürften sie daran gewöhnt sein, daß ihr Herr immer erst im Morgengrauen nach Hause kommt. Aber ich werde dich gehen lassen, mein Liebling. Du mußt mir nur versprechen, daß du morgen abend mit mir dinierst.«

Sie machte eine Pause, ehe sie fortfuhr:

»Ich werde dich zum Luncheon sehen, denn wir sind beide ins Devonshire House eingeladen.«

Der Marquis kleidete sich zügig an und dachte, daß der einzige vernünftige Mensch bei diesem Bankett die Ducheß sein würde.

Obwohl sie langsam älter wurde, war sie immer noch äußerst amüsant und reizvoll.

Dem Marquis kam der Gedanke, daß die Ducheß zu den wenigen Frauen gehörte, die er bewunderte und verehrte.

Sie verkörperte den Typ der Frau, den er wirklich mochte, ohne ihn jedoch ein zweites Mal gefunden zu haben.

Als Ducheß von Manchester hatte sie London mit ihrer Schönheit in Atem gehalten.

Eine Aura der Unschuld und Reinheit umgab sie, von der sein Vater stets gesagt hatte, daß sie alle Männer fasziniert habe.

Später, als sie sich nach dem Tod ihres Mannes in den Marquis von Hartington verliebte, war ihr Verhalten vorbildlich gewesen.

Niemals redete sie den Marquis in der Öffentlichkeit anders als mit seinem Titel an und begegnete ihm stets mit größter Zurückhaltung.

Viele Jahre lang wußten selbst die bestunterricht Mitglieder der Londoner Gesellschaft nicht wirklich, o der Marquis ihr Liebhaber war oder nicht.

Auch als sie ihn schließlich heiratete und die Ducheß von Devonshire wurde, behielt sie ihre Würde und Natürlichkeit.

Sie war eine einmalige Frau, und kein Ehemann konnte sich eine liebe- und hingebungsvollere Gefährtin wünschen.

Weshalb gibt es nicht mehr Frauen, die so sind wie sie? dachte der Marquis, während er sich das Hemd zuknöpfte.

Nach seiner Erfahrung neigten Frauen dazu, vor aller Welt mit ihren Verhältnissen zu protzen und sich wichtig zu tun.

Noch vor einer Woche hatte er der augenblicklichen Empfängerin seiner Gunst gesagt:

»Laß dir doch deine Freude nicht immer so anmerken, wenn ich in einen Raum komme, in dem wir nicht allein sind!«

»Aber ich bin doch so glücklich, wenn ich dich sehe, Osmond«, hatte sie geantwortet. »In dem Augenblick, wo du erscheinst, macht mein Herz Freudensprünge. Ich möchte am liebsten auf dich zulaufen und mich in deine Arme werfen.«

Der Marquis gab gereizt zurück, daß dies genau die Art von Benehmen sei, die ihm mißfalle, denn sie bringe die Leute nur dazu, sich die Münder zu zerreißen.

Und Gerede war in seinem Fall höchst gefährlich.

Schließlich lag ihm nicht daran, von einem eifersüchtigen Ehemann zum Duell aufgefordert zu werden, weil dieser Satisfaktion für seine verletzte Ehre verlangte.

Duelle waren unter der Herrschaft von Königin Viktoria bei Strafe verboten. Dennoch fanden sie gelegentlich statt.

Der Marquis hatte nicht den leisesten Wunsch, sich in Händel dieser Art einzulassen, zumal er die fragliche Lady für durchaus entbehrlich ansah.

Das ist ja der ganze Ärger! dachte er.

Alle Frauen, mit denen er eine Affäre gehabt hatte, bedeuteten ihm wenig. Sobald er sie im Bett hatte, war er ihrer auch schon überdrüssig.

Um sie zu erobern, wäre er auf den Mont Everest gestiegen oder auf den Grund des Meeres getaucht. Doch solcher Anstrengungen von seiner Seite hatte es nie bedurft. Sobald er sich ihnen auch nur einen Schritt näherte, waren sie bereit, sich ihm bedingungslos an den Hals zu werfen.

Zum Teufel mit ihnen! dachte er, während er vor dem Spiegel stand und seine Krawatte einer letzten Korrektur unterzog. Dann bewegte er die Schultern und gab seinem maßgeschneiderten langschößigen Jackett den endgültigen Sitz.

Lady Sybil räkelte sich indessen mit verführerischer Lässigkeit auf dem zerwühlten Bett.

Der Marquis wandte sich nun zu ihr um und sagte mit seiner tiefen Stimme:

»Danke, Sybil, für den sehr genußvollen Abend.«

Jetzt schien es keinen Zweifel mehr für sie zu geben, daß er entschlossen war, zu gehen. Sie setzte sich auf und entblößte dabei ihre wohlgeformten Brüste.

»Wie kannst du nur so grausam sein, mich zu verlassen, obwohl es mein sehnlichster Wunsch ist, daß du bleibst?«

Der Marquis ergriff ihre ausgestreckte Rechte und hob sie beiläufig an die Lippen.

»Geh schlafen, Sybil«, sagte er. »Ich möchte, daß du morgen die Schönste von allen im Devonshire House bist.«

Ihre Finger schlossen sich um die seinen.

»Und morgen abend werden wir wieder zusammensein«, flüsterte sie zärtlich. »O Osmond, ich liebe dich so sehr. Mir ist, als würde es niemals morgen werden.«

Er lächelte auf sie nieder, entzog sich ihr mit einiger Mühe und verließ raschen Schrittes den Raum.

Sie blickte ihm sehnsüchtig nach. Als sie hörte, wie er den Gang entlangging und die Treppe hinunterstieg, sprang sie aus dem Bett, als ob sie ihn zurückrufen wollte.

Doch dann hielt sie mitten in der Bewegung inne und murmelte: »Morgen werde ich ihn länger festhalten! Morgen wird er mir nicht so früh entkommen!«

Als der Marquis die Halle erreichte, erhob sich ein verschlafener Diener von dem Stuhl, auf dem er gesessen hatte, um ihm die Haustür zu öffnen.

Der Marquis sagte sich, daß er sich unbedingt eine plausible Erklärung einfallen lassen mußte, weshalb er dieses Haus nie wieder betreten würde.

Unmöglich, einer Frau zu sagen, daß sie ihn langweilte.

Für gewöhnlich ließ er das Ende einer Liebesaffäre mit einer dringenden Verpflichtung außerhalb Londons zusammenfallen: den Rennen in Newmarket, der Eröffnung der Jagdsaison in Schottland oder ähnlichem.

Obwohl ihm im Augenblick noch kein brauchbarer Verhinderungsgrund einfiel, um das Dinner mit Lady Sybil am folgenden Tag abzusagen, war er sicher, daß seine Phantasie ihn schon nicht im Stich lassen würde.

Die besten Ideen hatte er stets am Morgen.

Die Nachtluft war kalt und scharf, doch da es von Westlock House aus nicht weit bis nach Hause war, hatte er keine Kutsche bestellt, die auf ihn wartete.

Er legte den Weg zu Fuß zurück, und vor seinem inneren Auge tauchte die Vision schneebedeckter Berggipfel und sturmgepeitschter Wasser der Biskaya auf.

»Im Augenblick kann ich nicht aus England fort!« sagte er vor sich hin.

Erleichtert stellte er fest, daß der Frost die drükkende Hitze und die schwüle, parfümgeschwängerte Atmosphäre von Sybils Schlafzimmer vertrieben hatte. Und als er Vale House erreichte, war er zwar ein wenig durchgefroren, doch zugleich fühlte er sich belebt und voller Tatendrang.

Er teilte dem Nachtdiener mit, daß er am nächsten Morgen um acht ausreiten würde und erst danach zu frühstücken gedenke.

Dann eilte er die Treppe hinauf zu seinem Schlafzimmer, wo sein Diener auf ihn wartete.

Er zog sich aus, sprach nur das Notwendige und legte sich ins Bett.

Seltsamerweise schlief er nicht sofort ein, wie er das eigentlich gewöhnt war.

Er fragte sich, wie es kam, daß Frauen so auf ihn flogen und er ihrer so schnell überdrüssig wurde.

Er wußte, daß keiner seiner Altersgenossen ihm glauben würde, wenn er ihnen klarzumachen versuchte, daß er nicht die geringste Lust verspürte, Sybil auch nur noch einmal anzurühren.

Sie galt als absolute Schönheit und eine der begehrenswertesten Frauen Londons.

Aber damit war sie nicht allein.

Die Londoner Gesellschaft besaß eine Fülle schöner Frauen, und sie alle waren ständige Gäste auf Marlborough House, denn der Prinz von Wales besaß auch im Alter immer noch jene verhängnisvolle Schwäche, der er schon als junger Mann verfallen gewesen war.

Seine Schwäche für das schöne Geschlecht war allgemein bekannt, und die Spatzen pfiffen es von den Dächern, daß er die Freuden der Liebe genoß, wo immer sie sich ihm boten.

Der Marquis sah keinen Grund, warum er dem Beispiel Seiner Königlichen Hoheit nicht hätte nacheifern sollen.

Dabei ging er jedoch jedem Gedanken an eine Eheschließung aus dem Weg – trotz der Bitten und Vorhaltungen seiner Familie, die anfing, sich wegen eines Stammhalters und Erben Sorgen zu machen.

Bei seinen Liebschaften achtete der Marquis allerdings auf Niveau und suchte sich seine Geliebten ausschließlich in der Gesellschaftsschicht, der auch er angehörte.

Er hatte es nicht nötig, sich seine Mätressen zu kaufen, denn er konnte sich der Damen von Adel, die um seine Gunst buhlten, kaum erwehren.

Ruhelos wälzte sich der Marquis in seinem Bett hin und her, und immer wieder stieß er die Worte aus:

»Ich langweile mich, ich langweile mich. Und wenn nicht irgend etwas passiert, langweile ich mich noch zu Tode.«

Seine Worte schienen in seinen Ohren widerzuhallen, bis er endlich in einen unruhigen Schlaf fiel.

Am nächsten Morgen stellte der Marquis fest, daß es in der vergangenen Nacht nicht nur kräftig gefroren hatte, sondern daß auch ein schneidender Wind durch die Bäume des Hyde Park blies.

Außer ihm waren nur wenige Reiter unterwegs.

Da er Bewegung und Körpertraining liebte, empfand er den scharfen Wind als angenehm belebend, und als er sich eine Stunde später am Frühstückstisch niederließ, verspürte er einen herzhaften Hunger.

Wie üblich war das Büffet im Speisezimmer beladen mit Schüsseln und Schalen der verführerischsten Speisen. Die Versuchung zuzulangen war groß.

Auf dem Tisch stand eine Schale mit goldgelber Butter von seinen Kühen auf Vale Park und ein Topf Honig von den gutseigenen Bienenstöcken.

Außerdem gab es ofenwarme Brötchen und einen kleinen, frischgebackenen Laib Brot, für die sein Chefkoch an diesem Morgen eigens früher aufgestanden war.

Doch der Marquis war ein bescheidener Esser, denn er war sehr auf sein Gewicht bedacht.

Wenn er einmal so alt sein würde wie der Prinz von Wales, wollte er auf keinen Fall so aussehen wie dieser, und deshalb aß er mit großer Zurückhaltung und betrieb eifrig Sport.

Während seiner Aufenthalte auf dem Land ritt er bei jedem Wetter auf seinem Gut umher. Jeden Weg, den er zu machen hatte, legte er im Sattel zurück. Einen Wagen benutzte er nur, wenn er zu einer Dinnergesellschaft eingeladen war.

Demzufolge wies er kein Gramm überflüssiges Fett an seinem durchtrainierten Körper auf.

Als er sich vom Frühstückstisch erhob, war er sich der Tatsache bewußt, daß es wenigstens ein halbes Dutzend Platten und Schüssel gab, deren Inhalt er nicht einmal angerührt hatte.

Er dachte, daß viele Männer von seinem Rang dies als eine Verschwendung von Speisen ansehen würden. Aber ihn kümmerte das nicht, war er doch sicher, daß man im Gesinderaum nichts davon verderben lassen würde.

Auf seinen zahlreichen Reisen hatte er gelernt, mit kleinsten Lebensmittelrationen auszukommen, und deshalb wußte er den Wert dessen, was er aß, immer zu schätzen.

Dennoch ließ er die Praxis, daß ihm ein ausgiebiges Frühstück aufgetischt wurde, unangetastet. Sollte die Dienerschaft sich damit vergnügen; und außerdem liebte er es nicht, den Haushalt durcheinanderzubringen.

Also blieb alles beim alten und wurde so gehandhabt wie zu der Zeit, da sein Vater noch lebte.

Der Marquis ging in sein Arbeitszimmer, wo sein Sekretär, Mr. Bowes, ihm die Post auf den Schreibtisch gelegt hatte.

Alle Briefe geschäftlicher Natur und die Einladungen waren bereits geöffnet worden.

Die anderen dagegen, deren feiner Duft und zarter Handschrift den weiblichen Absender verrieten, lagen ungeöffnet auf einem gesonderten Stapel.

Der Marquis ließ sich in seinem Sessel nieder und begann mit dem Lesen der Geschäftsbriefe, als die Tür aufschwang und der Butler mit Stentorstimme meldete:

»Seine Exzellenz, der Botschafter von Siam, M'lord!«

Überrascht blickte der Marquis auf.

Er war dem siamesischen Botschafter einige Male bei Gesellschaften begegnet, vermochte jedoch keinen Grund dafür zu erkennen, warum ihn dieser zu so früher Stunde aufsuchte.

Der Botschafter war ein kleiner, zierlicher Mann mit an den Schläfen ergrauendem Haar.

Nach seinem Eintreten verbeugte er sich respektvoll vor dem Marquis, der sich hinter seinem Schreibtisch erhoben hatte, um ihn zu begrüßen.

Der kleine Mann sagte in hervorragendem Englisch:

»Verzeihen Sie, Mylord, wenn ich Sie schon in aller Frühe aufsuche. Doch ich erhielt dringende Nachrichten aus Bangkok, die ich Ihnen, so glaube ich, ohne Versäumnis zuleiten sollte.«

»Nehmen Sie doch Platz, Exzellenz!« forderte der Marquis den Besucher auf und fragte sich, welcher Art die Nachrichten sein könnten.

Der Botschafter ließ sich in einem hochlehnigen Sessel nieder. Erst nachdem der Marquis sich zu ihm gesetzt hatte, sagte er:

»Ich wurde von Seiner Majestät König Chulalongkorn angewiesen, Sie vom Tod Minister Calvin Brooks in Kenntnis zu setzen.«

Der Marquis hob den Kopf.

»Calvin Brook tot? Sind Sie sicher?«

»Ich fürchtete, Mylord, daß die Nachricht Sie schokkieren würde. Aber Seine Majestät bestand darauf, daß Sie als erster von Mister Brooks Hinscheiden erfahren sollten.«

Er machte eine Pause, damit der Marquis die Bedeutund seiner Worte in sich aufnehmen konnte.

Dann fuhr er fort:

»Außerdem wäre Seine Majestät Ihnen zu tiefstem Dank verpflichtet, wenn Sie es ermöglichen könnten, ihn unverzüglich in Bangkok aufzusuchen.«

Erstaunt sah der Marquis den Botschafter an.

Die Nachricht vom Tod seines Freundes bestürzte ihn, und es erschien ihm sonderbar, daß König Chulalongkorn ihn persönlich zu sprechen wünschte.

Doch ein kurzes Nachdenken über das Gehörte genügte, um den Grund für das Ansinnen des Königs zu erkennen.

Etwas war seltsam an Calvin Brooks Tod.

Mehr noch: Das jähe, unerwartete Ableben des Mannes ließ auf ein Verbrechen schließen, und offensichtlich rechnete man am Hof von Bangkok mit diplomatischen und politischen Verwicklungen.

Der Marquis hatte Calvin Brook vor einigen Jahren in Indien kennengelernt.

Schon vorher hatte er gehört, daß es sich bei Brook um eine ungewöhnliche, ja geheimnisumwitterte Persönlichkeit handelte.

Der Marquis vermutete, obwohl ihm das niemand gesagt hatte, daß Calvin Brook ein Mann war, der tief in das verwickelt war, was man überall in der Welt »das große Spiel« nannte.

In irgendeiner Form mußte er mit den westlichen Geheimdiensten zu tun haben, die in Asien eine fieberhafte Tätigkeit entfachten, um Rußlands Eroberungsabsichten gegenüber Indien kennenzulernen. Seit geraumer Zeit versuchten die Agenten des Zaren verstärkt, unter den Grenzvölkern Unruhe zu stiften und sie zur Rebellion aufzuwiegeln.

Zum erstenmal traf der Marquis Calvin Brook dann in Nepal und stellte fest, daß die Gerüchte über ihn der Wahrheit entsprachen. Brook schien in tausend verschiedene nationale Konflikte verwickelt, Konflikte, die nicht nur Indien, sondern auch zahlreiche andere Länder des fernen Ostens betrafen. Der Marquis hatte sich damals dem rätselhaften Mann angeschlossen und in seiner Gesellschaft halb Asien bereist.

Zurückblickend konnte er nicht umhin, zuzugeben, daß es die aufregendste, aber auch gefährlichste Zeit seines Lebens gewesen war.

Auf See, im Dschungel und in der Wildnis der Berge hatten sie immer wieder dem Tod ins Auge geschaut.

Zusammen mit Calvin hatte er Aufstände niedergeschlagen, Rebellionen verhindert und lebensgefährliche Husarenstücke vollbracht. Gemeinsam hatten sie Kopf und Kragen riskiert, einander das Leben gerettet, und ihre Freundschaft war hundertfach auf die Probe gestellt worden.

Es war eine Zeit gewesen, die der Marquis nie vergessen würde. Zu Ende gegangen war sie nur, weil die Nachricht vom Tod seines Vaters ihn nach England zurückgerufen hatte.

Nun war Calvin also tot.

Für den Marquis bedeutete dies einen unersetzlichen Verlust und – wie er glaubte – nicht nur für ihn, sondern auch für die Welt.

Bei seiner Rückkehr nach England erfuhr er durch den Außenminister, daß man Calvin Brook bereits mehrmals die Peerswürde und verschiedene andere Würden und Auszeichnungen angetragen hatte.

Er hatte sie alle zurückgewiesen.

Ein solches Verhalten war typisch für den wagemutigen Mann, der unter allen Umständen anonym bleiben wollte.

Er legte keinen Wert darauf, sich zu exponieren oder mit einem bestimmten Land identifiziert zu werden.

Für ihn gab es nur eins: dabeisein, mitten im Kampfgetümmel stehen, dort, wo etwas los war und die Würfel fielen. Er wollte Rätsel lösen, gefährliche Situationen entschärfen, Wagnisse eingehen und alles auf eine Karte setzen.

Er war ein Abenteurer, ein Mann, tollkühn, verwegen und verliebt in das Spiel mit dem Feuer.

All dies ging dem Marquis durch den Kopf, bevor er sagte:

»Es kann nicht wahr sein. Es will mir einfach nicht in den Kopf, daß Calvin Brook tot sein soll!«

»Auch ich bin der Meinung, daß irgend etwas an der Sache rätselhaft ist«, sagte der Botschafter ruhig. »Und dies ist wohl auch der Grund, weshalb Seine Majestät nach Ihnen verlangt, Mylord.«

Weil der Marquis die asiatische Mentalität kannte, war er überzeugt, daß der Botschafter mehr wußte, als er sagte. Zumindest las er zwischen den Zeilen und war der Meinung, daß die Botschaft des Königs mehr enthielt, als die Worte ausdrückten.

Nach einer langen Pause sagte der Marquis:

»Ich werde unverzüglich nach Bangkok aufbrechen. Würden Sie Seiner Majestät telegraphieren, daß er mit meinem Kommen rechnen kann?«

Ein Lächeln breitete sich auf dem Gesicht des Botschafters aus, das von einem Ohr bis zum anderen zu reichen schien.

»Das ist sehr liebenswürdig von Eurer Lordschaft«, sagte er dann. »Ich weiß, wie entzückt Seine Majestät sein wird, Sie in seinem Palast zu empfangen.«

Als der Marquis sich erheben wollte, fügte der kleine Mann hinzu:

»Da ist noch etwas, Mylord. Ich wäre Ihnen sehr verbunden, wenn Sie als Calvin Brooks Freund die Nachricht von seinem Tod seiner Tochter überbringen würden.«

Die Haltung des Marquis' spannte sich.

»Ich hatte völlig vergessen, daß er eine Tochter hat.«

»Sie lebt im Augenblick in London unter der Obhut ihrer Tante, Lady Brook, der Gemahlin von Calvin Brooks Bruder.«

Gut, ich werde sie aufsuchen«, versprach der Marquis.

»Das ist sehr liebenswürdig von Ihnen. Ich fürchte, der Verlust ihres Vaters wird sie aufs tiefste treffen.«

Dieser Meinung war auch der Marquis.

Er erinnerte sich daran, daß Calvin Brook ihm einmal erzählt hatte, daß seine Frau schon einige Jahre tot sei und daß ihr einziges Kind, ein Mädchen, augenblicklich in Kairo weile.

»Ich ließ sie dort, als ich vor sechs Monaten nach Asien reiste«, sagte er. »Sie wohnt bei Freunden, die sie mit nach England nehmen werden, wo sie zur Schule gehen soll.«

Er seufzte, bevor er fortfuhr:

»Bisher habe ich sie auf meinen Reisen immer bei mir gehabt. Doch jetzt ist die Zeit gekommen, wo sie eine ordentliche Erziehung und Ausbildung erhalten sollte. Für mich ist die Trennung von ihr nicht einfach. Sie fehlt mir sehr!«

Der Marquis hatte kaum zugehört. Er war der Meinung gewesen, daß seine Gesellschaft für Calvin Brook bei weitem befriedigender sein mußte als die eines Kindes.

Nun erinnerte er sich an Calvin Brooks Sorge vor dem Aufbruch zu ihrer letzten gemeinsamen Expedition, die sie unter großen Strapazen und Gefahren durch Burma nach Siam geführt hatte.

Calvin Brook hatte ihm das Versprechen abgenommen, die Stelle eines Vormunds seiner Tochter anzunehmen, falls ihm unterwegs etwas zustieße.

»Ich werde alles tun, was du von mir verlangst«, hatte der Marquis unbekümmert geantwortet. »Aber, um Himmels willen, paß auf dich auf!«

Nach einer kurzen Pause setzte er hinzu:

»Du bist zu wichtig, um an einem vergifteten Dolchstich oder im Dschungel, wo weit und breit kein Arzt zu finden ist, an Fieber zu sterben.«

Calvin Brook hatte gelacht.

»Ich werde mein Bestes tun, damit es nicht dazu kommt. Obwohl die Gefahr groß ist, daß uns jemand ein Messer in den Rücken jagt oder eine Kugel zwischen die Augen setzt, ohne daß wir auch nur die geringste Ahnung haben, wem wir unseren Tod verdanken.«

»Na, da bin ich doch froh, daß du mich warnst!«

Der Marquis lachte ebenfalls.

Er erinnerte sich daran, daß Calvin Brook kurz vor dem Aufbruch einen Brief nach England gesandt hatte, in dem er seinen Anwälten mitteilte, daß er Lord Osmond Skelton-Vale für den Fall seines Ablebens zum Vormund seiner Tochter Ankana ernannt habe.

»Ja, das ist ihr Name«, sagte der Marquis nun laut. »Ankana.«

»Auf siamesisch bedeutet das ›Schöne Frau‹«, erklärte der Botschafter.

»Dann wollen wir hoffen, daß sie ihrem Namen gerecht wird«, antwortete der Marquis nachdenklich.

Kurz nach seinem Gespräch mit dem Botschafter verließ der Marquis das Haus, um nach Belgravia zu fahren, wo Miß Ankana Brook im Haus ihrer Tante lebte.

Er fragte sich, ob sie wohl in irgendeiner Form ihrem Vater glich, der ein außerordentlich gutaussehender Mann gewesen war, oder ob sie plump und schüchtern war wie die meisten englischen Mädchen, die bei einem Vergleich mit den Mädchen anderer Völker nie sonderlich gut abschnitten.

Es waren vor allem die indischen Frauen, deren Anmut und Schönheit den Marquis immer wieder fasziniert hatten. Und die indischen Kinder mit ihren großen dunklen Augen waren ihm erschienen wie Wesen aus einer Bilderbuchwelt.

Das gleiche konnte er von den Frauen und Mädchen in Ceylon sagen.

Auch beim Anblick der balinesischen und siamesischen Frauen hatte er immer wieder gedacht, daß man solche Geschöpfe im Westen vergeblich suchte.

»Zu groß, zu dick, zu derb«, murmelte er vor sich hin, während die Kutsche anhielt und sein Diener ausstieg, um die Hausglocke zu betätigen.

Nachdem der Marquis nach Miß Ankana Brook gefragt hatte, führte man ihn in einen mit teuren Möbeln ausgestatteten Raum, der jedoch einen steifen und biederen Eindruck machte.

Der Marquis war sicher, daß er sich in nichts von jedem anderen Salon auf dem gesamten Square unterschied. Er dachte, daß er sich Calvin in einer solchen Umgebung niemals vorstellen könnte.

Nein, beim besten Willen, Calvin Brook paßte wirklich nicht hierher!

Er sah ihn vor sich in seinem Sarong, unter dem er an heißen Tagen völlig nackt gewesen war.

Und wenn sie durch den Dschungel Malayas zogen, war er oft genug bis zur Brust durch morastiges Wasser gewatet.

Als die Tür geöffnet wurde, blickte der Marquis überrascht auf das Mädchen, das den Raum betrat.

Für englische Begriffe war sie klein, nicht größer als fünf Fuß fünf, und sie war sehr zierlich. Sie besaß dunkles Haar, und die Augen wirkten riesig in dem zarten herzförmigen Gesicht. Sie unterschied sich so sehr von dem Bild, das der Marquis sich von ihr gemacht hatte, daß er sie zunächst einfach nur anstarren konnte.

Als sie dann auf ihn zukam, bemerkte er eine gewisse Ähnlichkeit mit Calvin Brook, ihrem Vater. Doch diese Ähnlichkeit war nur schwach und bezog sich mehr auf dessen Persönlichkeit als auf die äußere Erscheinung.

»Man sagte mir, Sie wollten mich sprechen«, begann sie. »Hat Papa Sie geschickt?«

Sie streckte ihm die Rechte entgegen, und als der Marquis sie ergriff, kam sie ihm sehr klein vor.

Dennoch ging etwas Kraftvolles, Lebendiges von dieser Hand aus.

Ihm war fast, als hielte er Calvin Brooks Hand in der seinen. Der gleiche Strom von Vitalität, der von ihm ausgegangen war, schien auch von dem Mädchen auszugehen.

»Sollen wir uns nicht setzen, Miß Brook?« schlug der Marquis höflich vor.

»Mein Name ist Ankana«, erwiderte sie, »und da ich weiß, daß Papa wünscht, daß Sie mein Vormund werden, falls ihm einmal etwas zustoßen sollte, erscheint es mir unpassend, wenn Sie mich so förmlich anreden.«

»Ja, Sie haben recht. Aber Sie müssen entschuldigen, wenn ich Sie frage, wie alt Sie sind. Wenn ich ehrlich sein soll, habe ich Sie seit einigen Jahren völlig aus dem Gedächtnis verloren.«

»Ich bin achtzehn«, antwortete Ankana.

Der Marquis mußte vor sich selbst eingestehen, daß er sie für jünger gehalten hatte.

Sie nahm auf dem Sofa Platz, und als er sich neben ihr niederließ, blickte sie ihn forschend an. Es fiel ihm schwer, die richtigen Worte zu finden.

»Ich fürchte, Ankana, ich habe schlimme Nachrichten für Sie.«

Sie rührte sich nicht. Und als sie keine Anstalten machte, ihm eine Frage zu stellen, fuhr er fort:

»Vor einer Stunde teilte mir der Botschafter von Siam mit, er habe von Seiner Majestät, dem König, ein Telegramm mit dem Inhalt erhalten, daß Ihr Vater tot ist.«

Noch während er sprach, wurde ihm bewußt, wie wenig rücksichtsvoll, ja beinahe brutal sich seine Worte für das Mädchen anhören mußten. Andererseits hatte er keine Ahnung, wie er eine so bedrückende Nachricht behutsamer hätte übermitteln sollen.

Einen Moment lang schwieg Ankana.

Dann sagte sie:

»Das stimmt nicht. Papa ist nicht tot.«

Überrascht sah der Marquis sie an.

»Wie kommen Sie darauf?«

»Ich weiß, daß er lebt«, erwiderte sie. »Er mag in großer Gefahr schweben, aber er ist nicht tot, was immer der König auch telegraphiert haben mag.«

Sekundenlang verschlug es dem Marquis die Sprache.

»Was werden Sie jetzt tun?« fragte sie.

»Seine Majestät bat mich, unverzüglich nach Bangkok zu kommen. Ich bin der Meinung, daß es beim Tod Ihres Vaters nicht mit rechten Dingen zugegangen ist.«

»Das kann ich mir denken«, sagte Ankana. »Aber ich weiß, ich hätte es gespürt, wenn er gestorben wäre.«

Sie machte eine Pause, bevor sie mit entschiedener Stimme fortfuhr:

»Ich bin meiner Sache ganz sicher, obwohl ich natürlich verstehe, daß Sie mir nicht glauben werden. Aber es steht für mich unzweifelhaft fest, daß man für seinen Tod keinen stichhaltigen Beweis erbringen kann.«

»Wie können Sie so sicher sein?« wollte der Marquis wissen. »Der König von Siam ist ein sehr intelligenter Mann, und es ist meine unerschütterliche Überzeugung, daß er niemals eine solche Nachricht bekanntgegeben hätte, wenn er für den Tod Ihres Vaters keine untrüglichen Beweise in der Hand hielte.«

»Wenn Papa etwas zugestoßen wäre, würde ich es wissen«, behauptete Ankana ruhig. »Wann brechen Sie nach Bangkok auf?«

»Ich werde heute nachmittag mit der Eisenbahn nach Folkestone fahren und dort an Bord meiner Yacht gehen. Wenn ich Glück habe und die See nicht zu stürmisch ist, rechne ich damit, in spätestens einem Monat in Bangkok zu sein.«

»Dann werde ich mitkommen.«

»Das ist unmöglich«, widersprach der Marquis hastig.

»Warum?«

»Zum einen können Sie nicht ohne Begleitung mit mir reisen, zum anderen habe ich nicht die Absicht, eine ganze Reisegesellschaft an Bord zu nehmen.«

Er unterbrach seine Rede und blickte sie fragend an. Dann fuhr er fort:

»Außerdem – wenn ich Bangkok erreicht habe, könnte ich mich gezwungen sehen, ins Landesinnere aufzubrechen, um Ihren Vater zu suchen. Und sollte er – wie Sie annehmen – noch am Leben sein, dürfte er sich höchstwahrscheinlich in einiger Gefahr befinden.«

»Mit anderen Worten, Sie glauben, er wird irgendwo festgehalten – als Gefangener«, stellte Ankana fest. »Ich persönlich neige eher zu der Theorie, daß er sich versteckt hält.«

»Warum – und vor wem?«

Sie machte eine Handbewegung, die sehr vielsagend und zugleich sehr unenglisch war.

»Sie kennen doch Papa. Sie sind lange Zeit mit ihm zusammengewesen. Er ist immer für eine Überraschung gut.«

»Das stimmt allerdings«, gab der Marquis zu. »Andererseits sollten Sie der Wahrheit ins Auge sehen und sich darüber klarwerden, daß Ihr Vater gefährlicher gelebt hat als die meisten Männer.«

»Was ihm einen unbändigen Spaß bereitet«, sagte Ankana. »Er hat natürlich auch immer unverschämtes

Glück. Und er verfügt, wie ich zugeben muß, über einen besonderen Schutz.«

»Von wem?« entfuhr es dem Marquis.

»Von der Kraft, an die er glaubt und die er ständig anzuwenden pflegt. Er nennt es Lebenskraft, doch in den Ländern Asiens spricht man wohl gewöhnlich von Gott, wenn man sie meint.«

Sie sprach mit einer gewissen Schärfe in der Stimme, und der Marquis schaute sie forschend an.

Es war nicht einfach für ihn, sie zu verstehen.

Wie konnte sie so sicher sein, daß ihr Vater noch lebte?

Als könne sie seine Gedanken lesen, ließ sie ein leises Lachen hören und sagte:

»Papa und ich haben uns stets sehr nahe gestanden, so daß wir immer genau das gleiche dachten.«

Sie lächelte, dann fuhr sie fort:

»Im Osten verstehen die Menschen diese Wesensverwandtschaft. Denen, die im Westen leben, ist sie unverständlich, weil sie nur das begreifen, was man schwarz auf weiß zu Papier bringen kann.«

Nun lag ein unüberhörbarer Klang von Spott in ihrer Stimme. Abwehrend erwiderte der Marquis:

»Sie werden wohl kaum von mir erwarten können, daß ich Ihnen in einer Sache Glauben schenke, die Sie in keiner Form beweisen können!«

»Wenn Sie Papa lebend antreffen werden, wovon ich überzeugt bin, wird es eines Beweises nicht mehr bedürfen.«

Wieder lächelte Ankana ihn an.

Dann fuhr sie mit veränderter Stimme fort:

»Ich glaube, Mylord, wenn ich Sie begleiten soll, ziehe ich mich jetzt besser zurück und mache mich reisefertig.«

Sie stand auf, und auch der Marquis erhob sich von seinem Platz.

»Lassen Sie mich Ihnen eines ganz klarmachen, Ankana«, sagte er. »Ich denke nicht im Traum daran, sie mitzunehmen. Sie werden schön brav bei Ihrer Tante bleiben, wie Ihr Vater es bestimmt hat, und Ihre Erziehung abschließen.«

Ankana lachte.

»Die Schule habe ich seit Weihnachten hinter mir, wenn es das ist, was Sie mit Erziehung meinen. Im Augenblick bereite ich mich lediglich darauf vor, der großen Gesellschaft als artige, wohlerzogene Debütantin vorgestellt zu werden.«

Sie schaute ihn spöttisch an.

»Doch Papa braucht mich, und deshalb kann ich den ganzen Unsinn zum Glück vergessen!«

Der Marquis seufzte.

»Ich fürchte, daß Sie mich mit Ihren Worten nicht überzeugen können, gleichgültig, wie stichhaltig sie in Ihren Ohren auch klingen mögen. Mir wurde von höchster Stelle mitgeteilt, daß Ihr Vater tot ist. Und bis man mir nicht das Gegenteil beweist, muß ich das, was man mir berichtet hat, akzeptieren.«

Die Art, wie Ankana ihn ansah, sagte ihm, daß sie ihn für sehr begriffsstutzig hielt, und das machte ihn wütend.

»Ich werde nach Bangkok reisen«, fuhr er fort. »Und wenn ich Ihren Vater finde, werde ich der Botschaft ein

Telegramm schicken mit der Bitte, Sie umgehend davon zu informieren, daß er noch am Leben ist.«

Er ließ einen tiefen Seufzer hören und setzte hinzu:

»Wenn nicht, werde ich nicht ruhen, bis ich die Umstände seines Todes in Erfahrung gebracht habe. Nach meiner Rückkehr werde ich Ihnen genauestens darüber berichten.«

Er sprach zu ihr wie zu einem störrischen Kind, und nach einem kurzen Schweigen sagte Ankana ruhig:

»Sie reisen so bald wie möglich nach Bangkok ab?«

»Selbstverständlich«, erwiderte der Marquis. »Meine Yacht, die Sea Horse, kann es mit jedem Schiff ihrer Klasse aufnehmen. Und die neuen Maschinen, die ich kürzlich einbauen ließ, werden mich schneller nach Siam bringen als ein Ozeandampfer.«

»Werden Sie schon heute abend an Bord gehen?« wollte Ankana wissen.

»Ich werde in zwei Stunden den Zug nach Folkestone besteigen.«

Er machte eine Pause und fuhr dann entschlossen fort:

»Da mein Kapitän die Anweisung hat, das Schiff ständig startklar zu halten, werden wir vor Einbruch der Dunkelheit bereits auf See sein.«

»Wenn Sie Papa sehen, bestellen Sie ihm bitte, daß ich immer an ihn denke und ihn natürlich sehr, sehr liebe.«

»Ich werde es ihm ausrichten«, versprach der Marquis mit sanfterer Stimme als zuvor. »Ich hoffe von ganzem Herzen, daß Sie mit Ihrer Vermutung recht haben und Ihr Vater noch am Leben ist. Aber ich hielte es für einen Fehler, Ankana, wenn Sie zu optimistisch wären.«

»Papa sagte immer, daß man der Wahrheit ins Auge sehen muß«, antwortete Ankana. »Und obwohl Sie mir das nicht glauben mögen, es ist genau das, was ich tue.«

Sie streckte die Hand aus und fügte hinzu:

»Danke, daß Sie der Bitte des Königs so rasch entsprechen und unverzüglich nach Bangkok aufbrechen. Da Sie Papa sehr gut kennen, habe ich das Gefühl, daß er Sie auf irgendeine Weise wissen lassen wird, wo er sich aufhält. Und ich bin sicher, daß Sie ihn ausfindig machen werden.«

»Auch jetzt kann ich nur erwidern: Ich hoffe, daß Sie recht haben«, sagte der Marquis, nicht ohne sich bewußt zu sein, wie unsicher seine Stimme klang.

Immer noch hielt er Ankanas Hand in der seinen.

Während er auf sie niederschaute, dachte er, daß er sich dieses Mädchen völlig anders vorgestellt hatte.

»Bon Voyage!« sagte sie und setzte auf siamesisch hinzu: »Und mögen die Götter Sie beschützen!«

Der Marquis zeigte sich überrascht.

»Sie sprechen Siamesisch?«

»Ein wenig. Glauben Sie nicht, ich könnte Ihnen nützlich sein, wenn ich mitreisen würde?«

»Nein, nein, natürlich nicht. Jede junge Frau würde auf dieser Fahrt nur eine Last sein.«

Er machte eine Pause und erklärte dann entschieden:

»Wie ich schon sagte, ich lege keinen Wert auf eine Reisegesellschaft. Und ich möchte auch nicht, daß Sie mitfahren, denn ich bin sicher, Sie würden mir nur im Wege sein.«

»Sie sind sehr offen«, sagte Ankana. »Aber was mir

am Herzen liegt, ist nur eins, nämlich daß Sie sich beeilen.«

Sie verstummte und schaute ihn an.

In ihren Augen stand Angst, als sie weitersprach:

»Ich weiß, daß Papa lebt. Aber ich bin sicher, daß er sich in einer Situation befindet, in der er Hilfe braucht. Hoffentlich sind Sie imstande, ihm diese Hilfe zu bringen.«

Ihre Stimme klang fest, und der Marquis spürte, daß es sinnlos war, mit ihr zu streiten.

»Auf Wiedersehen, Ankana«, sagte er nur. »Sobald ich zurück bin, werde ich dafür sorgen, daß Sie meine Verwandten kennenlernen, die Mädchen in Ihrem Alter haben, mit denen Sie sich bestimmt anfreunden werden. Ich hätte das schon längst tun sollen.«

»Das ist sehr freundlich von Ihnen, Mylord, und ich muß Ihnen natürlich dankbar dafür sein.«

Wieder schwang dieser spöttische Unterton in ihrer Stimme mit, der ihm mißfiel und den er unverschämt fand.

Es war, als machte sie sich lustig über ihn, weil er sich so dumm anstellte.

Als er wieder in seiner Kutsche saß, sagte er sich, daß er es hätte wissen müssen, daß Calvin Brooks Tochter anders war als andere Mädchen.

Was er allerdings nicht hatte wissen können, war, daß sie zu seinem großen Ärger so anders war. Sie behandelte ihn wie einen Tölpel, weil er nicht zu begreifen schien, was sie ihm klarzumachen versuchte.

Der Marquis wußte, daß fast alle Menschen in Asien an die Kraft des Gedankens oder eine Art Telepathie glaubten.

Ein Mensch wußte, was unzählige Meilen von ihm entfernt geschah, Wochen und Monate bevor die offizielle Nachricht vom Tod eines anderen ihn erreichen konnte.

Allerdings hieß das nicht, daß sie sich nicht auch einmal täuschen konnten.

Für den Marquis stand fest, daß er Ankana, die von westlichen Eltern abstammte, trotz ihres Andersseins nicht in dem Glauben bestärken sollte, daß ihr Vater noch am Leben war.

Sie konnte dies wünschen und hoffen, mehr aber nicht.

»Sobald ich in Bangkok bin, werde ich herausfinden, ob sie recht hat oder nicht«, schwor er sich.

Im Vale House angelangt, begann er mit den Reisevorbereitungen.

Seinem Sekretär gab er Anweisung, Lady Sybil einen riesigen Korb Orchideen zu schicken und ihr sein Bedauern auszudrücken, daß er nicht in der Lage sei, mit ihr zu Abend zu essen.

Genau in diesem Augenblick wurde ihm bewußt, wie haarscharf er an ihren Vorwürfen, Weinkrämpfen und Nervenzusammenbrüchen vorbeigekommen war, die er über sich hätte ergehen lassen müssen, wäre er in London geblieben.

»So hat eben alles auch seine guten Seiten«, murmelte er zufrieden.

Der Marquis wirkte sehr elegant, als er in seiner Reisekleidung die Kutsche bestieg, die ihn zum Bahnhof bringen sollte.

Er wußte, daß ein Abteil für ihn reserviert und sein Diener mit dem Gepäck bereits vorausgefahren war.

Als die Pferde die Park Lane entlangtrabten, hatte er das Gefühl von Freiheit und Abenteuer. Sein Herz schien regelrecht schneller zu schlagen.

Eigentlich hätte er niedergedrückt und traurig sein müssen beim Gedanken an Calvin Brooks Tod. Doch obwohl er überzeugt war, daß er sich wie ein Narr benahm, dachte er nicht ohne innere Erregung an die Zuversicht in Ankanas Stimme, als sie gesagt hatte:

»Papa ist nicht tot. Er lebt.«

2

Der Zug, der den Marquis nach Folkestone brachte, war zum Glück ein Schnellzug.

Der Marquis nahm in dem reservierten Abteil ein vorzügliches Luncheon ein, das sein Küchenchef zubereitet hatte. Dazu trank er eine halbe Flasche Champagner aus eigener Herstellung.

Seine Laune war hervorragend, als der Zug kurz nach vier Uhr nachmittags in den Bahnhof von Folkestone einlief. Seine Diener begleiteten ihn, und auch sein Privatsekretär.

Vor dem Bahnhof wartete eine Kutsche, die ihn zum Hafen fuhr. Sein Sekretär folgte ihm in einem zweiten Gefährt.

Die Sea Horse sah prächtig aus und stellte sämtliche anderen Schiffe, die im Hafen vor Anker lagen, in den Schatten.

Am Mast wehte die Flagge des Königlichen Yachtclubs. Der Kapitän erwartete den Marquis auf Deck an der Gangway.

Er hatte das Telegramm, das der Sekretär abgesandt hatte, rechtzeitig erhalten.

Der Marquis wurde an Bord lebhaft begrüßt. Er konnte sehen, daß die Aussicht auf eine lange Seereise den Kapitän und die Crew in große Erregung versetzt hatte.

Er teilte dem Kapitän mit, daß er unverzüglich in See zu stechen wünsche.

Bevor der Kapitän jedoch seinen Platz auf der Brücke einnehmen konnte, bat der Marquis ihn in die Messe hinunter und erklärte ihm:

»Unser tatsächlicher Bestimmungsort ist Bangkok, Captain. Ich lege jedoch keinen Wert darauf, daß die Presse von meinen Plänen Wind bekommt. Informieren Sie die Mannschaft also erst über unser Reiseziel, wenn wir ausgelaufen sind.«

»Ich versichere Ihnen, Mylord, daß ich Ihre Pläne immer mit äußerster Vertraulichkeit behandelt habe«, erwiderte der Kapitän. »Auch diesmal werde ich mich selbstverständlich strikt an Ihre Anweisungen halten.«

Er machte eine Pause und fuhr dann fort:

»Ich werde nicht einmal den Ersten Maat wissen lassen, wohin die Reise geht, bevor wir nicht die offene See erreicht haben.«

»Danke Ihnen«, sagte der Marquis. »Ich treffe Sie in einigen Minuten auf der Brücke.«

Als er sich zum Gehen wandte, legte der Kapitän salutierend die Hand an den Mützenschirm.

Die erste Handlung des Marquis bestand in einem kurzen Rundgang unter Deck. Er vergewisserte sich, daß alle Verbesserungen, die er bei seinem letzten Besuch auf der Yacht in Auftrag gegeben hatte, zu seiner Zufriedenheit ausgeführt worden waren.

Die Jungfernfahrt des Schiffes war nach Algerien gegangen.

Von der Fahrtgeschwindigkeit und dem Luxus, den er an Bord vorgefunden hatte, war der Marquis begeistert gewesen.

Es hatte allerdings ein paar Kleinigkeiten gegeben, die nicht seine Zustimmung fanden und deren Änderung er anordnete.

Nun stellte er voll Genugtuung fest, daß diese auf das vollkommenste ausgeführt worden waren.

Vor allem seine eigene Kabine wirkte nun sehr dekorativ in dem kräftigen Grünton, der genau die Farbe des Meeres besaß.

Außerdem hatte er mehrere Bücherregale anbringen lassen, da die in der Messe ihm nicht genügten.

Auf den Schiffen seiner Freunde hatte der Marquis erfahren, wie unangenehm es war, nicht genügend Lesestoff zu haben, wenn man auf langen Seereisen tagelang kein Land zu sehen bekam.

Deshalb hatte er mehrere Kisten Bücher einpacken lassen, die er seit langem lesen wollte.

Nachdem der Marquis seinen Kontrollgang beendet hatte, stieg er auf die Kommandobrücke hinauf.

Neben dem Kapitän stehend, beobachtete er das Ablegen des Schiffes und das Auslaufen aus dem Hafen.

Bald segelten sie mitten auf dem Kanal, und aufatmend dachte der Marquis, daß er England unbeschadet hinter sich gelassen hatte.

Was immer die Zukunft an Problemen bringen würde, einige Sorgen, vor allem die, die Lady Sybil betrafen, hatten sich in Wohlgefallen aufgelöst.

Er wußte, er verdankte es seinem außergewöhnlichen Organisationstalent, daß die Abreise so schnell und reibungslos vonstatten gegangen war.

Er spürte die leichte Erschütterung des Schiffskörpers, als die Yacht mit ständig wachsender Geschwindigkeit durch die Wellen glitt. Er war stolz auf sein Schiff.

Sie fuhren jetzt etwa sieben Knoten, und sie würden das Tempo wahrscheinlich noch um ein Beträchtliches steigern können.

Er hatte sich persönlich vom erstklassigen Zustand der Sea Horse überzeugt und wußte, daß die Maschinen einwandfrei arbeiteten.

Außerdem verfügte die Yacht über gewisse technische Neuerungen, die sie jedem anderen Schiff ihrer Klasse haushoch überlegen machte.

Laut sagte er zum Kapitän:

»Ich bin entschlossen, auf der Fahrt nach Bangkok sämtliche Geschwindigkeitsrekorde zu brechen. Wie lange werden wir Ihrer Schätzung nach für die Reise brauchen?«

Der Kapitän war Schotte und pflegte gründlich nachzudenken, bevor er antwortete.

»Wie Euer Lordschaft wissen«, sagte er nach einer Pause, »prahlen die modernen Linienschiffe damit, Indien in siebzehn Tagen zu erreichen. Ich denke, wir schaffen es noch etwas schneller.«

Wieder machte er eine Pause. Dann fuhr er – seinen Optimismus ein wenig dämpfend – fort: »Das heißt, wenn nichts Unvorhergesehenes dazwischenkommt und wir nicht in einen Sturm geraten. In so einem Fall dürfte die Fahrt fünf bis sechs Tage länger dauern.«

»Ich hatte gehofft, wir würden unter drei Wochen liegen«, antwortete der Marquis.

»Vielleicht gelingt es uns, Eurer Lordschaft eine Überraschung zu bereiten«, meinte der Kapitän darauf trokken.

»Das sollte mich freuen«, erwiderte der Marquis.

Nachdem er seine Kajüte aufgesucht hatte, kleidete er sich zum Dinner um, als reiste er in Gesellschaft.

Anschließend genoß er ein vorzügliches Abendessen, das sein französischer Koch und dessen chinesischer Gehilfe zubereitet hatten.

Dann begab sich der Marquis wieder auf die Brücke, wo er noch eine Zeitlang blieb, bevor er sich endgültig für die Nacht zurückzog.

Er war angenehm überrascht, als er feststellte, daß er die Geschwindigkeit, mit der die Yacht fuhr, bei weitem unterschätzt hatte. Um seine Lippen spielte ein zufriedenes Lächeln, als er zur Master-Kabine hinunterstieg.

In der Kajüte stellte er fest, daß sein Diener mit dem Auspacken und Einräumen der Sachen fertig war und bereits auf ihn wartete.

»So weit – so gut, Dobson«, sagte der Marquis, während der Mann ihm aus dem Jackett des Abendanzugs half.

»Es ist ein Versuch, Mylord, wieder einmal uns selbst zu schlagen, sozusagen.«

Der Marquis lächelte.

Dobson hatte sich dem Marquis angeschlossen, als dieser Singapur besucht hatte.

Damals war er Mädchen für alles gewesen, ein Hansdampf in allen Gassen.

Doch schon bald hatte der Marquis festgestellt, daß dieser Mann unentbehrlich für ihn war und daß er sich in jeder Lage auf ihn verlassen konnte – zunächst, als er noch allein reiste, und später, als er sich mit Calvin Brook zusammengetan hatte.

Wie er selbst vermochte auch Dobson mit dem wohlgeregelten Leben in London nichts anzufangen. Es langweilte ihn. Er brauchte wie sein Herr das Abenteuer und den Nervenkitzel.

Als der Marquis ihm gesagt hatte, daß sie ins Ausland führen, war in Dobsons Augen ein Funkeln getreten.

Er bewegte sich mit der Schnelligkeit eines Eisvogels.

Der Marquis wußte, daß Dobson es vor Neugierde kaum noch aushielt. Deshalb sagte er nun mit einem beiläufigen Klang in der Stimme:

»Ich nehme an, Sie wissen, daß mich heute morgen

der Botschafter von Siam besucht hat, Dobson. Er kam, um mir die Nachricht von Mister Brooks Tod zu überbringen.«

Dobson starrte ihn fassungslos an.

»Sind Sie sicher, daß es stimmt, M'lord?«

»Seine Majestät, der König von Siam, gab seiner Botschaft telegraphisch die Anweisung, mich von Mister Brooks Tod in Kenntnis zu setzen.«

Er machte eine Pause, um seinen Worten mehr Nachdruck zu verleihen, dann fuhr er fort:

»Der Botschafter sagte, Seine Majestät habe den dringenden Wunsch, mich zu sehen. Und da die Angelegenheit keinen Aufschub duldet, habe ich beschlossen, der Bitte des Königs unverzüglich nachzukommen.«

»Ich möchte fast wetten, M'lord, daß Mister Brook genausowenig tot ist wie ich.«

»Warum, um Himmels willen, sagen Sie das?« fragte der Marquis erstaunt.

»Wenn die im Besitz seiner Leiche wären, hätten sie diese wohl längst nach England überführt«, erklärte Dobson.

Das war ein Aspekt, den der Marquis noch gar nicht bedacht hatte. Dobsons Überlegungen verrieten allerhand Scharfsinn. Andererseits konnte er sich nicht erklären, warum der König, was Calvin Brooks Tod betraf, sich hätte täuschen lassen sollen, wenn der Totgesagte in Wirklichkeit noch lebte.

Laut sagte er:

»Ich bin der Meinung, daß es verkehrt ist, in einer Sache Spekulationen anzustellen, die im Augenblick völlig unhaltbar scheinen.«

»Nichts ist unhaltbar, wenn es mit Mister Brook zu tun hat«, gab Dobson zu bedenken. »Wenn Eure Lordschaft mich fragen, glaube ich ganz bestimmt, daß dies nur wieder eins seiner raffinierten Täuschungsmanöver ist.«

»Aber ich frage Sie nicht«, antwortete der Marquis rasch. »Im übrigen habe ich die Absicht, das, was mir mitgeteilt wurde, so lange wie möglich zu akzeptieren, bis der Beweis des Gegenteils erbracht ist.«

Dobson gab keine Antwort.

Nachdem er die Kajüte verlassen hatte, dachte der Marquis gereizt:

Zuerst Ankana, jetzt Dobson!

Das Ganze war einfach lächerlich.

Wenn der König ihn sehen wollte, dann gewiß nicht, weil er wollte, daß der Marquis ihm den Nachweis für Calvin Brooks Tod brachte.

Was er, der Marquis, vermutete, war, das Calvin Brook an einem hochbrisanten Spionagefall gearbeitet und dabei den Tod gefunden hatte.

Da die Sache von höchster Wichtigkeit zu sein schien, wollte der König wohl, daß er, der Marquis, zu Ende führte, was Calvin Brook begonnen hatte.

Wie einigen anderen Leuten war auch dem König bekannt, wie erfolgreich sie beide in der Vergangenheit zusammengearbeitet hatten.

Der Marquis wußte, daß es im Foreign Office eine Akte mit dem Vermerk »Top Secret« gab, die ausführliche Berichte über seine und Calvin Brooks Unternehmungen in Indien und anderen Teilen Asiens enthielt.

Nachdem er den Marquistitel geerbt hatte, war er

der Meinung gewesen, dieser Lebensabschnitt gehörte der Vergangenheit an. Und er vermochte das Gefühl der Erregung nicht zu unterdrücken, als er sich vorstellte, daß er schon bald wieder in den abenteuerlichsten Verkleidungen zu irgendeinem geheimnisvollen Teil Siams unterwegs war.

Oder vielleicht würde er nach Burma reisen – mit einem Auftrag, der nur dem König und seinem Innenminister bekannt war.

Als Chulalongkorn den Thron bestiegen hatte, war er fünfzehn gewesen.

In den Jahren, die seiner Thronbesteigung folgten, gestaltete er den Hof in erstaunlichem Maße um und führte im ganzen Land Tausende von größeren und kleineren Reformen durch.

Vor allem begann er sofort damit, dem alten Brauch der Landschenkungen ein Ende zu machen.

Er erlaubte den Würdenträgern, während der Audienz auf Stühlen zu sitzen, was in Siam eine revolutionäre Neuerung gewesen war.

Allen Königen vor ihm hatte man sich nur auf Knien und mit demütig geneigtem Haupt nähern dürfen.

Er hatte die Leibeigenschaft abgeschafft und sehr viel Einfühlungsvermögen dabei bewiesen, indem er Herren und Leibeigenen Zeit gelassen hatte, sich an diese Neuerung zu gewöhnen.

Und was noch erstaunlicher war: Er hatte das uralte System der Fronarbeit durch die Einführung direkter Steuern ersetzt.

In den Augen des Marquis war König Chulalongkorn ein Revolutionär auf dem Thron. Noch nie in der Weltgeschichte hatte ein Herrscher in dieser Richtung mehr bewirkt als dieser junge Mann.

Vor seiner Regentschaft hatte Siam keine Schulen besessen, keine Straßen, Eisenbahnen und Krankenhäuser, nicht einmal eine ordentlich ausgerüstete Armee.

Um dieses gewaltige Werk zu vollbringen, hatte der König ausländische Ratgeber und Helfer ins Land geholt.

Seine Söhne und andere junge Höflinge schickte er zum Studium an die Universitäten der europäischen Großstädte.

In Übereinstimmung mit der Politik des Königs und als Beweis seiner Freundschaft lud der Zar von Rußland, Nikolaus II., einen der königlichen Prinzen nach Rußland ein, um ihn am Zarenhof aufwachsen und ausbilden zu lassen.

Der König nahm das Angebot an.

Er sandte Prinz Chakrabougse nach St. Petersburg, wo er das Corps des Pages, eine Militärakademie, besuchte.

Nachdem er dort das Offizierspatent erworben hatte, diente er als Husar im Leibregiment des Zaren.

Der Marquis, der den König mehrfach traf, war beeindruckt von dessen Intelligenz und Weitsicht.

Sie waren schließlich Freunde geworden, und so war es selbstverständlich gewesen, daß der König bei seinem Europaaufenthalt im Jahr zuvor auch einen Abstecher nach England gemacht hatte.

Seine Majestät wohnte im Buckingham Palace.

Königin Viktoria weilte auf Windsor, wo sie sich auf

ihr diamantenes Jubiläum vorbereitete, und König Chulalongkorn wurde vom Prinzen von Wales empfangen.

Die Besuchstournee schloß Rußland, Schweden und Belgien ein.

Entscheidend für den großen Erfolg seiner Europareise war die Tatsache, daß sich der König als erster asiatischer Monarch mit seinen Gastgebern auf englisch unterhielt, ohne die Hilfe eines Dolmetschers zu benötigen.

Nach seiner Rückkehr hatte er dem Marquis einen sehr freundlichen Brief geschrieben.

Er gab darin seiner Freude Ausdruck, ihn nach langer Zeit wiedergesehen zu haben. Und er versicherte ihm, daß er besonders den Aufenthalt in England sehr genossen habe.

»Was immer er von mir verlangen wird, es dürfte schwer für mich sein, es abzulehnen«, murmelte der Marquis.

Er freute sich darauf, die Veränderungen zu sehen, die der König seit seinem letzten Besuch in Bangkok vorgenommen haben mochte.

Als er ins Bett ging, dachte er mit Begeisterung und Vorfreude an das, was ihn erwartete. Erst kurz vor dem Einschlafen erinnerte er sich erleichtert daran, daß er wieder allein und somit alleiniger Herr seiner Zeit war.

Wenn er diese dringende Botschaft des Königs nicht erhalten hätte, wäre es ihm vielleicht unmöglich gewesen, Lady Sybil abzuwimmeln.

Er streckte sich in dem riesigen, bequemen Bett aus und dachte zufrieden, daß sein buchstäbliches Glück ihm wieder einmal treu geblieben war.

Wenn Lady Sybil ihm böse sein sollte und wegen seiner plötzlichen Abreise Tränen vergoß, so blieb er zum Glück von den direkten Auswirkungen ihres Zorns verschont.

Und bis zum Zeitpunkt seiner Rückkehr nach London würde sie mit Gewißheit längst einen anderen Liebhaber gefunden haben.

Der Marquis erwachte vom Stampfen und Rollen des Schiffes.

Aber diese Tatsache beunruhigte ihn nicht weiter, denn er kannte keine Seekrankheit.

Er hoffte nur, daß man alle Luken geschlossen hatte und daß nicht allzuviel zu Bruch ging.

Was die Yacht selbst betraf, so war er von ihrer absoluten Seetauglichkeit fest überzeugt.

Sowohl in der Werft als nachher im Wasser hatte man sie allen nur denkbaren Tauglichkeitstests unterzogen.

Die Witterung war ungewöhnlich kalt, aber der Marquis hatte ein modernes Heizsystem einbauen lassen, mit dem sich die Kajüten angenehm warmhalten ließen.

Erst als er an Deck ging, stellte er fest, wie schneidend der Wind war. Die Wolken am Himmel ließen zweifellos auf Schnee schließen.

»Je eher wir in die Sonne kommen, desto besser«, sagte der Marquis zum Kapitän, als er zu ihm auf die Brücke trat.

»Bis jetzt brauchten wir unsere Geschwindigkeit

noch nicht zu drosseln, M'lord«, erwiderte der Kapitän stolz.

Der Marquis verbrachte eine lange Zeit auf der Brücke und inspizierte anschließend noch die Unterkünfte der Seeleute.

Er stellte fest, daß die Männer mit der Unterbringung äußerst zufrieden waren.

Jedes Mitglied der Mannschaft war stolz auf die Yacht, und alle gaben dem Eigner deutlich zu erkennen, daß sie froh waren, in seinen Diensten zu stehen.

Der Marquis hatte schon immer gewußt, daß es ein zufriedenes Schiff nur gab, wenn Unterbringung und Verpflegung der Mannschaft nichts zu wünschen übrig ließen.

Dies hatte er auch unmißverständlich seinem Schiffskoch klargemacht.

Als er ihn einstellte, sagte er ihm, daß er für sich und seine Gäste immer nur das Beste bei Tisch erwarte.

Und was die Verpflegung der Offiziere und Matrosen anging, wünschte er ein gesundes, kräftiges, ausreichendes und vor allem schmackhaftes Essen.

Seinen letzten Koch hatte er kurzerhand entlassen, als er feststellte, daß dieser bei einem Zwischenstopp in Gibraltar nicht genügend Obst und Frischgemüse an Bord genommen hatte.

Nun war er sicher, daß sich diese Situation nicht wiederholen würde.

Gegen Nachmittag erreichten sie den Golf von Biskaya.

Der Marquis wußte, daß nun die wirkliche Erprobung der Sea Horse begann.

Die See im Januar unterschied sich sehr krass von der im Juni.

Ohne größere Aufregung, jedoch mit einer gewissen Spannung sah er der Herausforderung an Schiff und Mannschaft entgegen.

Als er sich für die Nacht in seine Kajüte zurückzog, erfüllte es ihn mit Genugtuung, daß die Sea Horse sich hervorragend hielt und nicht die kleinsten Schwächen zeigte.

Und dies trotz stürmischer See und einem sehr rauhen Wind!

Trotzdem war es ratsam, sich langsam und vorsichtig auf dem Schiff zu bewegen, wenn man keinen Hals- oder Beinbruch riskieren wollte.

Selbst erfahrene Seeleute hielten sich an diese Regeln, wenn das Schiff rollte und schlingerte wie in diesen Stunden.

Als er im Bett lag, mußte der Marquis zugeben, daß der scharfe Wind und die Anstrengung des Sichfortbewegens auf der Yacht ihn redlich müde gemacht hatten.

Sobald sein Kopf die Kissen berührte, fiel er in einen tiefen Schlaf.

Als der Marquis am nächsten Morgen erwachte, wußte er sofort, daß das Schlimmste überstanden war.

Die Macht des Sturmes war gebrochen.

Heller Sonnenschein drang durch die Bullaugen, und er schätzte, daß sie sich etwa auf der Höhe von Lissabon befanden.

Da er in Eile war, hatte er angeordnet, den ersten Zwischenstopp – falls es nicht vorher einen Schaden geben würde – in Gibraltar zu machen.

Als Dobson die Kajüte betrat, war die erste Frage des Marquis:

»Alles in Ordnung?«

»Alles, M'lord. Nichts beschädigt oder zerstört bis auf ein paar Teller in der Kombüse«, versicherte ihm der Diener. »Ja, und ein Weinglas ging noch in Scherben, das Eure Lordschaft in der Messe stehenließ und das vom Steward übersehen wurde.«

Der Marquis lachte.

Er war es gewöhnt, daß Dobson ihn gern auf eine Nachlässigkeit hinwies, sooft sich die Gelegenheit dazu bot. Mit gespieltem Ernst sagte er:

»Eine ziemliche Schlamperei vom Steward, das Glas nicht zu sehen.«

»Sie stellten es auf den Boden, M'lord, direkt neben den Sessel, in dem Sie saßen und lasen«, verteidigte Dobson den Mann. »Der Steward hatte bisher nur mit Gentlemen zu tun, die ihr Glas auf dem Tisch abzustellen pflegen.«

Nur Dobson durfte sich solche Unverschämtheiten ungestraft erlauben.

Er kannte den Marquis aus der Zeit, als dieser noch keinen Titel besaß. Außerdem hatten sie so manche Gefahren gemeinsam bestanden.

Aus diesem Grund ließ der Marquis seinem Diener vieles durchgehen, was sich ihm gegenüber kein anderer aus seinem Haushalt hätte herausnehmen dürfen.

Es war gegen Abend – der Marquis kam in seine Kajüte, um sich für das Dinner umzuziehen –, als Dobson zu ihm sagte:

»Der Riegel der Nachbarkajüte muß beim Sturm in der vergangenen Nacht von innen zugefallen sein.«

Er machte eine Pause und fuhr dann fort:

»Der Schiffszimmermann hat versucht, die Tür wieder aufzubekommen, aber es gelang ihm nicht. Er sagte, er müsse das Schloß demolieren, und das bedeutet, daß der neue Anstrich beschädigt werden würde.«

»Dann soll er es bleiben lassen«, sagte der Marquis scharf. »Wenn der Riegel durch den Sturm zugefallen ist, wird er sich beim nächsten Sturm vielleicht wieder öffnen. Wir benötigen die Kajüte ja nicht.«

»Ich wollte einige Kleidungsstücke Eurer Lordschaft dort unterbringen«, erwiderte Dobson. »Doch ich kann auch einen Schrank in einer der anderen Kajüten dazu nehmen.«

»Es ist ja nicht so, als bestünde Mangel an Kajüten«, sagte der Marquis mit amüsierter Stimme. »Wenn das alles ist, worüber Sie sich zu beklagen haben, Dobson, bin ich hochzufrieden.«

Er wußte, daß der Kapitän genauso erleichtert war wie er selbst. Die Sea Horse hatte einen Sturm hinter sich, der es in sich gehabt hatte, und sie hatte sich vorbildlich gehalten.

Von jetzt an kamen sie in ruhigeres Gewässer. Frost und Kälte waren überstanden.

Wieder nahm der Marquis ein ausgezeichnetes Dinner zu sich.

Danach versuchte er, wie am Abend zuvor, seine Siamesischkenntnisse aufzufrischen.

Eine verteufelt schwierige Sprache, entschied er.

Er war damals nicht lange genug im Land gewesen, um die Sprache gründlich zu erlernen.

Besser beherrschte er Urdu, und in Ceylon würde er zumindest ohne Dolmetscher auskommen.

Trotzdem – er war fest entschlossen, die Zeit der Überfahrt dem Studium der siamesischen Sprache zu widmen. Er war ein Perfektionist, der keine halben Sachen duldete.

Als er damit begann, die »Sagitiyavangs«, eine Geschichte der buddhistischen Synoden, zu übersetzen, dachte er, daß er eigentlich einen Sprachlehrer gebrauchen könnte.

Aber würde er lange genug im Land bleiben, daß es sich wirklich lohnte, einen solchen anzustellen?

Es war spät, als er seine Kajüte aufsuchte.

Nachdem Dobson ihn verlassen hatte, wollte er sofort zu Bett gehen. Doch er stellte fest, daß er sein Buch in der Messe liegengelassen hatte.

Er streckte die Hand nach der Glocke aus, unterließ es jedoch, dem Diener zu läuten.

Was machte es schon, wenn er sich das Buch selber holte?

Er zog den warmen Hausmantel über, der am Fußende des Bettes lag.

Vorsichtig ging er den Gang entlang, weil die Yacht immer noch leicht schlingerte, stieg den Niedergang hinauf und betrat die Messe.

Das Buch lag dort, wo er es hingelegt hatte.

Er schob es unter den Arm und blickte eine Zeitlang in die Nacht hinaus.

Die Sturmwolken waren verschwunden. Der Himmel erstrahlte im Glanz unzähliger Sterne.

Er verspürte den Wunsch, an Deck zu gehen und das nächtliche Firmament zu betrachten, doch er wußte, es würde zu kalt sein.

Er war unter dem Hausmantel nur leicht gekleidet, und die Gefahr, sich eine Erkältung zu holen, erschien ihm zu groß. Eine solche Erkältung konnte unangenehm werden, besonders wenn sie auf die Nieren schlug.

Er stieß einen leisen Seufzer aus, als hätte er sich dazu durchgerungen, auf etwas Angenehmes zu verzichten, und stieg den Niedergang wieder hinab zum Kajütendeck.

Nachdenklich schritt er den Gang entlang zu seiner Kajüte, die das ganze Achterschiff ausfüllte und auf zwei Seiten Bullaugen besaß.

Er hatte die Tür fast erreicht, als ein Schlingern des Schiffskörpers ihn zwang, sich mit der Hand an der Wand abzustützen, um das Gleichgewicht nicht zu verlieren.

Einen Moment lang hielt er inne, dann setzte er sich wieder in Bewegung und passierte gerade die Tür, von der Dobson berichtet hatte, daß sie sich nicht öffnen lasse, als ein unterdrücktes Niesen an sein Ohr drang.

Sekundenlang glaubte er, einer Halluzination zum Opfer gefallen zu sein.

Er verharrte und lauschte. Mit der Hand stützte er sich am Türsturz ab.

Im Inneren der Kajüte war das Geräusch einer Bewegung zu hören.

Es war eigentlich unmöglich, und doch glaubte er, sich auf sein Gehör verlassen zu können.

Um sicherzugehen, legte er ein Ohr an die Tür.

Kein Zweifel – jemand bewegte sich in dem kleinen Raum dahinter.

Ein merkwürdiger Gedanke schoß ihm durch den Kopf.

Es ist unfaßbar, dachte er, unfaßbar und unvorstellbar!

Und doch ...

Er klopfte an die Tür und sagte:

»Öffnen Sie sofort diese Tür! Ich weiß, daß Sie in der Kajüte sind, und ich erwarte, daß Sie meinem Befehl unverzüglich nachkommen!«

Da er niemanden von der Crew auf die Sache aufmerksam machen wollte, hatte er die Stimme nicht erhoben.

Wie Dobson hielten sich die Matrosen zu dieser Zeit am anderen Ende des Schiffes auf.

Trotzdem war er sicher, daß seine Worte da drinnen klar und deutlich verstanden worden waren.

Sekundenlang herrschte Schweigen.

Dann hörte der Marquis, daß sich jemand langsam und zögernd der Tür näherte.

»Ziehen Sie sofort den Riegel zurück!« befahl er. »Oder ich hole den Schiffszimmermann.«

Wieder Stille.

Dann quietschte der Riegel, als er zurückgezogen wurde, und der Marquis drehte den Türgriff.

Als er die Tür öffnete, sah er – wie er es erwartet hatte – Ankana vor sich stehen.

In der Kajüte brannte Licht, aber sie hatte es so geschickt abgeblendet, daß man den Schein draußen nicht sehen konnte.

Der Marquis trat ein und sah die Kissen auf dem Fußboden, mit denen Ankana die Türritze abgedichtet hatte.

Im ersten Augenblick war er so zornig, daß er nicht zu sprechen vermochte. Dann, als sie zu ihm aufblickte, die Augen übergroß in dem kleinen Gesicht, sagte er:

»Was machen Sie hier?«

Es war eine völlig überflüssige Frage, und er kannte die Antwort, noch bevor Ankana mit leiser, stockender Stimme sagte:

»Ich ... es tut mir leid. Aber ... aber ich mußte mitkommen, um Papa zu suchen.«

»Wie konnten Sie es wagen!« donnerte der Marquis. »Und wie war es möglich, daß Sie unbemerkt an Bord kamen?«

Ein schüchternes Lächeln umspielte ihre Lippen, als sie antwortete:

»Nach Ihrem Telegramm waren so viele Händler und Geschäftsleute mit Waren auf dem Schiff, daß niemand mich beachtete.«

»Ich habe Ihnen doch deutlich gesagt, daß ich Sie nicht mitnehmen kann.«

»Ich werde Ihnen nicht im Weg sein«, sagte Ankana. »Und Sie haben doch so viel Platz auf Ihrem Schiff, wie ich feststellen konnte.«

»Darauf kommt es nicht an«, stieß der Marquis zornig hervor. »Ich werde Sie in Gibraltar an Land bringen und von dort nach England zurückschicken.«

»Nein! Wenn Sie mich von Bord jagen, versuche ich Bangkok auf dem Landweg zu erreichen.«

»Das werden Sie nicht tun«, rief der Marquis ärgerlich. »Ich bin Ihr Vormund, und Sie werden genau das tun, was ich Ihnen sage.«

Zu seiner Überraschung lachte Ankana hell auf.

»Glauben Sie im Ernst, ich würde alles tun, was Sie mir befehlen?« sagte sie dann. »Ich bin sicher, Papa würde das sehr spaßig finden.«

»Wenn Sie mich fragen, so glaube ich, Ihr Vater wäre entsetzt über Ihr Benehmen«, gab der Marquis zurück.

Ankana schüttelte den Kopf.

»Nein, das wäre er nicht! Als ich damals aus der Schule fortlief, weil ich mit ihm nach Marokko reisen wollte, hat er nur gelacht und gesagt, ich sei ganz die Tochter meines Vaters.«

Sie machte eine Pause und lachte wieder, bevor sie fortfuhr:

»Es war nämlich genau das, was er selbst einmal gemacht hat, als er in Harrow war.«

»Ich bin noch nie einem Mädchen begegnet, das einen so zur Raserei bringen kann wie Sie!« rief der Marquis.

Seine Worte wären gewiß eindrucksvoller gewesen, wenn in diesem Moment nicht ein heftiger Ruck durch den Schiffsrumpf gegangen wäre.

Um nicht auf dem Boden der Kajüte zu landen, mußte er sich aufs Bett fallen lassen.

Dort saß er nun und dachte, daß es äußerst schwierig sein würde, in Gibraltar jemanden zu finden, der sie zurück nach England bringen würde.

Außerdem war er sicher, daß sie sich weigern würde, das Schiff zu verlassen. Und im Augenblick fiel ihm noch nichts ein, was er in diesem Fall unternehmen könnte.

Sie mußte seine Gedanken gelesen haben, denn sie sagte:

»Was immer Sie auch dagegen tun werden, ich bin fest entschlossen, nach Bangkok zu gehen. Bitte, versuchen Sie doch, mich zu verstehen: Ich kann Papa jetzt nicht im Stich lassen.«

Der Marquis atmete tief.

»Hören Sie zu, Ankana«, sagte er mit einem veränderten Klang in der Stimme. »Begreifen Sie doch endlich, daß es so nicht geht! Und seien Sie vernünftig: Der König von Siam und viele andere mit ihm sind fest davon überzeugt, daß Ihr Vater tot ist.«

Er sah, daß Ankana zum Widerspruch ansetzte, und fuhr fort:

»Wenn ich nach meiner Ankunft in Bangkok zu der Überzeugung komme, daß Sie recht haben und Ihr Vater noch lebt – ich schwöre Ihnen, ich werde alles in meiner Kraft Stehende tun, um ihn zu finden. Und falls er sich irgendwo versteckt hält, werde ich ihn Ihnen bestimmt zurückbringen.«

Der Marquis blickte Ankana an, um zu sehen, ob sie ihm überhaupt zuhörte. Dann setzte er hinzu:

»Wenn Sie dabei sind, machen Sie die Dinge nur schwieriger für mich. Und wie soll ich eine plausible Erklärung dafür finden, daß Sie – auch wenn Sie die Tochter Ihres Vaters sind – allein mit mir eine dreiwöchige Schiffsreise machen?«

Er machte eine Pause und lächelte sie an, bevor er weitersprach.

»Und wo finde ich eine Begleiterin für Sie, ohne Zeit zu verlieren, die ich besser für die Suche nach Ihrem Vater nutzen könnte?»

»Darüber habe ich bereits nachgedacht«, antwortete Ankana ruhig.

Sie ließ sich in einem Armsessel nieder, der auf dem Fußboden befestigt war, und blickte, wie der Marquis dachte, äußerst zufrieden drein.

Erst jetzt sah er, daß sie nur ein Nachthemd trug und darüber einen Morgenmantel, der nicht raffiniert genug war, um die Bezeichnung Negligé zu verdienen.

Er war nilblau und endete am Hals mit einem kleinen Rundkragen, der von Spitzen gesäumt war.

Ihr dunkles Haar, das sehr lang war, fiel tief über ihre Schultern.

Wie um ihm seine Eindrücke bewußt zu machen, sagte sie:

»Sie denken, ich sehe sehr jung aus, und das könnte vielleicht die Lösung für Ihr Problem sein. Wenn ich will, kann ich noch viel jünger aussehen. Sie könnten doch einfach sagen, ich sei erst vierzehn oder fünfzehn.«

Sie schenkte ihm ein bezauberndes Lächeln und fuhr fort:

»Damit wären Ihre Schwierigkeiten doch aus der Welt. Sie sind mein Vormund und nehmen mich mit zu meinem Vater. Wer könnte dagegen etwas einwenden? Sie sind dann aus dem Schneider, und Ihr kostbarer Ruf leidet keinen Schaden.«

»Es ist nicht mein Ruf, um den ich besorgt bin«, widersprach der Marquis.

»Doch, das ist es wohl«, konterte Ankana. »An meinem sind Sie jedenfalls nicht im entferntesten interessiert. Der Gedanke an die Ankunft in Siam beunruhigt Sie.«

Sie senkte die Stimme, bevor sie fortfuhr:

»Sie fürchten doch nur, man könnte sehen, wie Sie mit mir an Land gehen. Und die feine Gesellschaft, auf deren Urteil Sie so großen Wert legen, könnte mich für Ihre Mätresse halten.«

Der Marquis richtete sich kerzengerade auf.

»Wie können Sie es wagen, so mit mir zu reden?« stieß er wütend hervor. »Ich halte das für ausgesprochen unverschämt. Und außerdem passen solche Worte nicht in den Mund einer jungen Lady.«

Ankana gähnte.

»Nicht nötig, mich daran zu erinnern, daß ich eine Lady bin. Mir reichen die zwei Jahre Schulzeit, die ich hinter mir habe. Und Papas Schwester hat mich auch ständig genervt mit ihrem ›Eine Lady macht dies nicht – Eine Lady macht das nicht‹. Manchmal hätte ich weinen können vor Verzweiflung.«

»Ich kann mir gut vorstellen, daß Ihre Tante es ist, die im Augenblick vor Verzweiflung weint«, entgegnete der Marquis. »Welche Ausrede haben Sie erfunden, um der Tante Ihre Abwesenheit von London zu erklären?«

»Ich habe einfach die Wahrheit gesagt«, erwiderte Ankana. »Ich habe ihr eine Nachricht hinterlassen, worin ich ihr mitteilte, daß ich mit Ihnen nach Bangkok reisen würde, weil Papa mich braucht.«

Der Marquis war sprachlos.

Als er sich wieder gefaßt hatte, sagte er:

»Sie müssen nach Folkestone aufgebrochen sein, kurz nachdem ich Sie verlassen hatte.«

»Auf meinen Reisen mit Papa habe ich diese Dinge sehr schnell gelernt«, antwortete sie. »Ich packte die notwendigsten Sachen in einen kleinen Koffer. Dann schlich ich aus dem Haus, noch bevor meine Tante nach unten kam.«

Sie lächelte und fuhr fort:

»Ich hielt nur schnell bei der Bank, um genügend Geld abzuheben für den Fall, daß Sie mich in Gibraltar von Bord schicken würden, wie Sie es mir vorhin ja bereits angedroht haben. In Folkestone war ich schon, als von Ihnen weit und breit noch nichts zu sehen war. Zwei Stunden später tauchten Sie dann endlich auf.«

»In meinen Augen ist Ihr Verhalten unentschuldbar.« sagte der Marquis kalt.

»Natürlich«, gab sie zu. »Zumindest von Ihrem Standpunkt aus. Alles wäre viel einfacher und unkomplizierter gewesen, wenn Sie etwas einsichtiger gewesen wären und sich nicht so quergestellt hätten – was natürlich zuviel verlangt war.«

Vergeblich suchte der Marquis nach einer Möglichkeit, sie loszuwerden. Denn was er in dieser Hinsicht auch unternahm, er mußte damit rechnen, daß sie versuchen würde, die Reise nach Bangkok allein fortzusetzen.

Voller Unbehagen sagte sich der Marquis, daß er hundertprozentig davon ausgehen konnte, daß sie ihre Drohung ernst machen würde, falls er sie nicht mitnahm.

»Sie sollten das Beste aus dieser Situation machen«, schlug Ankana vor, als er schwieg. »Ich verspreche, Ihnen nicht zur Last zu fallen. Und wenn wir in Bangkok sind, werde ich Papa bestimmt finden.«

»Ich glaubte, das wäre meine Aufgabe.«

Der Marquis konnte sich diese Bemerkung nicht verkneifen.

»Ich bezweifle, daß Sie sehr erfolgreich sein würden«, meinte Ankana. »Sie sind viel zu englisch, viel zu prosaisch und zu sehr im westlichen Denken verhaftet, um in einer Situation wie dieser etwas bewirken zu können.«

Dem Marquis verschlug es erneut die Sprache.

Als fürchtete sie, zu weit gegangen zu sein, sagte Ankana:

»Bitte, ich wollte Sie nicht kränken. Ich wollte nur auf einige Tatsachen hinweisen, die Sie nicht außer acht lassen dürfen. Schließlich habe ich die Erfahrung gemacht, daß alle Engländer, die ich bisher kennengelernt habe, gleich sind.«

Sie zögerte kurz, bevor sie fortfuhr:

»Sie glauben nur das, was sie sehen und anfassen können. Sie haben kein Gefühl für das, was die Chinesen ›die Welt hinter der Welt‹ nennen.«

Der Marquis hielt sich nicht gerade für dumm oder wenig schlagfertig, aber in diesem Moment fehlten ihm die Worte. Er wußte einfach nicht, was er dem Mädchen vor ihm auf diese frappierenden Ausführungen erwidern sollte.

Er hatte sich in den vergangenen zwei Jahren zu sehr daran gewöhnt, daß die Frauen ihm schmeichelten und ihm nach dem Mund redeten. Dies hier war eine völlig neue Erfahrung für ihn.

Mit der Zeit hatte er begonnen, die anbetende Bewunderung der Damen als selbstverständlich hinzunehmen – ganz abgesehen von der Tatsache, daß er eine hohe Meinung von seinen Fähigkeiten hatte.

»Ich glaube, wenn wir zusammenarbeiten, was meiner Meinung nach unerläßlich ist, falls wir Papa wirklich helfen wollen – müssen wir vor allem aufrichtig zueinander sein.«

»Ich würde sagen, das waren Sie soeben bereits in reichem Maße«, stellte der Marquis trocken fest. »Oder sollte ich mich auf noch Schlimmeres gefaßt machen?«

Sie ließ ein leises Lachen hören, ein Zeichen dafür, daß sie froh war, ihn mit ihren Worten nicht allzusehr verletzt zu haben.

»Nein«, antwortete sie, »das war alles. Ich möchte Ihnen vertrauen. Ich weiß, daß Papa Sie mag.«

Der Marquis bedankte sich für dieses Zugeständnis mit einem Kopfnicken, doch sie fügte noch hinzu:

»Ich weiß natürlich von meiner Tante und einer großen Zahl anderer Leute, was über Sie geredet wird. Ich gebe zu, es hat mich mißtrauisch gemacht – und natürlich auch sehr vorsichtig.«

»Und was redet man über mich?« wollte der Marquis wissen.

Er war sich bewußt, daß diese Art von Neugierde unter seiner Würde war, doch er konnte nichts dagegen tun.

»Zunächst einmal überschlagen sich alle in Lobeshymnen über Sie«, sagte Ankana. »Tante Alice weiß natürlich von Ihrer Freundschaft mit Papa.«

Sie lächelte ihn an, bevor sie fortfuhr:

»Ständig versuchte sie mich dazu zu bewegen, Ihnen zu schreiben, daß ich in London sei, in der Hoffnung, Sie würden mich – und natürlich auch sie – zum Dinner einladen.«

Der Marquis nickte. »Das hätte ich gemacht ...«, versicherte er.

»Wenn auch äußerst widerwillig«, vollendete Ankana den Satz. »Jedenfalls wußte ich, als ich dann hörte, wie hingerissen die schönen Ladies von Ihnen sind, die Sie für ein Geschenk des Himmels zu halten scheinen, daß es zwischen uns wohl keine Gemeinsamkeiten geben würde.«

»Wenn ich Sie so reden höre«, sagte der Marquis, »juckt es mir regelrecht in den Fingern. Mein Verstand sagt mir, ich sollte Ihnen auf der Stelle eine Tracht Prügel verabreichen, die Ihr Vater Ihnen in Vernachlässigung seiner Erzieherpflichten bisher schuldig geblieben ist.«

Ankana lachte, und der Klang ihres Lachens erfüllte den Raum.

»Ich bin sicher, wenn Papa wüßte, daß Sie Ihre Intelligenz, Ihre Tatkraft und Ihre Zeit mit hirnlosen, albernen Frauenzimmern verschwenden, deren einziger Beitrag für die Welt darin besteht, ihre Gesichter auf Bildpostkarten in irgendwelchen Schaufenstern auszuhängen, er würde Sie einen heillosen Narren nennen.«

Der Marquis schnappte nach Luft.

Er war im ersten Augenblick so konsterniert, daß er nur stammelnd hervorzubringen vermochte:

»Ich habe etliche Reden vor dem – Oberhaus gehalten.«

Er machte eine Pause, um seine Worte wirken zu lassen. Dann fuhr er fort:

»Und abgesehen von der Leitung meiner Güter arbeite ich in verschiedenen nationalen Wohltätigkeitsorganisationen mit, die – wie jedermann in England glaubt – gerade zum gegenwärtigen Zeitpunkt von großer Aktualität und Bedeutung sind.«

Während er sprach, fragte er sich fassungslos, was ihn eigentlich dazu brachte, sich herabzulassen, diesem unverschämten jungen Mädchen Rechenschaft über sein Tun und Lassen abzulegen.

Mit der Antwort, die Ankara ihm gab, hatte er nicht gerechnet.

»Ja, natürlich, zu Ihrer Position gehören diese Dinge dazu.«

Sie lächelte, ehe sie fortfuhr:

»Ich wollte Ihnen ja auch nur klarmachen, daß ich sehr gut verstehe, weshalb Sie im Augenblick keine Zeit für mich haben. Und wenn ich dann auch noch an den Typ von Ladies denke, der es Ihnen angetan hat, steht für mich endgültig fest, daß wir nichts gemeinsam haben – außer unserer Liebe zu Papa.«

»Die natürlich im Moment genau das ist, worauf es ankommt«, sagte der Marquis.

Er war zu der Einsicht gelangt, daß das Beste, was er tun konnte, darin bestand, ihre Anspielungen auf seine Liebschaften einfach zu ignorieren.

Abgesehen davon hatte sie ja auch nicht ganz unrecht mit ihren Äußerungen, wie er sich selbst eingestehen mußte.

»In dem Punkt stimme ich mit Ihnen überein«, antwortete Ankana. »Wenn Sie jetzt also bereit wären, mir zuzuhören, könnte ich Ihnen darlegen, auf welche Weise ich am unkompliziertesten mit Ihnen weiterreisen könnte.«

Sie neigte ein wenig den Kopf und sah ihn fragend an.

Dann setzte sie hinzu:

»Ich könnte mich als Schulmädchen ausgeben, das von Ihnen, als dem Vormund, freundlicherweise zu seinem Vater gebracht wird.«

»Ich denke, diese Erklärung ist so gut wie jede andere für Ihre Anwesenheit an Bord«, sagte der Marquis. »Hoffentlich sehen Sie auch wirklich kindlich genug aus, um einigermaßen überzeugend zu sein!«

»Ich müßte nicht Papas Tochter sein, wenn es mir nicht gelänge, eine solche Rolle zu spielen«, gab Ankana stolz zurück. »Als wir in Afrika waren, verkleidete ich mich als Beduinenfrau, und niemand schöpfte auch nur den geringsten Verdacht.«

Sie ließ einen amüsierten Laut hören und fügte hinzu:

»Und im Sudan gab ich mich als Papas Sohn aus. Sämtliche Scheichs ließen sich täuschen. Ich ritt im Herrensitz auf ihren Araberhengsten, und keiner ahnte, daß ich eigentlich in ihren Harem gehörte.«

Der Marquis konnte sein Lachen nicht zurückhalten.

»Ich glaube«, sagte er dann, »mir bleibt nichts anderes übrig, als auf Ihren Vorschlag einzugehen. Doch sobald wir in Bangkok sind, werden Sie sich strikt an meine Anweisungen halten.«

Seine Stimme wurde befehlend, als er fortfuhr:

»Sie werden sich nicht in Gefahr begeben! Ich werde es nicht zulassen, und wenn ich Sie in dieser Kajüte einsperren müßte.«

»Wau, wau!« Ankana lächelte. »Jetzt versuchen Sie mir Angst zu machen. Aber da ich weiß, daß Sie zu sehr Gentleman sind, um mir weh zu tun, können Sie mich mit Drohungen nicht beeindrucken.«

»Wenn Sie sich da nur nicht täuschen«, sagte der Marquis mit betont unheilverkündender Stimme.

Ankana lachte.

»Sie werden jedenfalls jemanden haben, mit dem Sie sich streiten können«, sagte sie. »Aus dem, was Tante Alice mir erzählte, schließe ich, daß dies normalerweise nicht der Fall ist, wenn Sie mit Frauen zusammen sind. Meist sitzen Sie ja unter ihnen wie ein Pascha, lassen sich hingebungsvoll die Füße küssen und sich immer wieder beteuern, wie wundervoll Sie sind.«

»Wenn ich jetzt noch einen Ton von dem höre, was Ihre Tante Alice oder sonst jemand über mich erzählt hat, werde ich Sie augenblicklich in einen Reisekoffer stecken und per Eisenbahn nach England zurückbefördern lassen.«

»Eine völlig neue Idee!« sagte Ankana. »Ich frage mich nur, ob ein Mensch eine solche Reise lebend übersteht.«

Sie lachte leise, bevor sie hinzufügte:

»Eine interessante Methode und viel weniger aufwendig, als den Gefangenen mit Handschellen zu versehen und ihn unter Polizeibewachung hinter Schloß und Riegel zu bringen.«

Der Marquis mußte erkennen, daß es nichts gab, womit er sie einschüchtern konnte.

Sie nahm nur das ernst, was sie ernst zu nehmen wünschte.

Er erhob sich vom Bettrand und hielt sich am Bettpfosten fest.

»Wir haben noch Zeit genug, unsere Strategie festzulegen«, sagte er. »Nun werde ich erst einmal zu Bett gehen. Ich hoffe, Sie lassen sich einige vernünftige Gründe einfallen, mit denen Sie meinem Diener morgen früh Ihre Anwesenheit erklären.«

»Natürlich«, murmelte Ankana.

»Und was den Kapitän betrifft«, fuhr der Marquis fort, »wird er sich wohl bittere Vorwürfe machen, daß es Ihnen gelingen konnte, heimlich und ohne sein Wissen an Bord zu kommen.«

»Mit anderen Worten, ich habe eine Aufregung verursacht, die alle sehr bedauerlich finden werden. Aber machen Sie sich keine Sorgen. Alle Männer lieben Überraschungen. Sie werden sich schnell an mich gewöhnt haben.«

Dem Marquis schmeckte die Vorstellung überhaupt nicht, daß Männer sie akzeptieren mochten, während Frauen sie total ablehnen würden.

Doch er verspürte nicht die geringste Lust, das Thema in diesem Augenblick anzusprechen.

Statt dessen ging er zur Tür.

Erst als er dort angelangt war, sagte Ankana:

»Gute Nacht, Mylord, und danke, daß Sie mich nicht über Bord geworfen haben – als Fraß für die Fische.«

»Auf die Idee bin ich noch gar nicht gekommen«, erwiderte der Marquis. »Ich werde Sie mir jedoch merken. Für den Fall, daß Sie mir so sehr auf die Nerven gehen, daß ich es nicht mehr aushalten kann mit Ihnen.«

Ihre Antwort wartete er nicht mehr ab.

Aber er hörte ihr Lachen, als er die Tür schloß, und dachte, daß Calvin Brook einen wahren Teufelsbraten zur Tochter hatte.

Als er dann im Bett lag, beruhigte er sich langsam.

Gewiß, er war böse auf Ankana, weil sie sich heimlich an Bord geschlichen hatte. Doch wenn er es sich genau überlegte, konnte die Reise mit ihr noch ganz vergnüglich werden.

Er würde jedenfalls jemanden haben, mit dem er reden konnte. Denn so schnell die Yacht auch war, die Reise würde verflixt lange dauern.

3

Als die Yacht das Mittelmeer erreicht hatte, mußte der Marquis zugeben, daß Ankana ihm bisher noch nicht zur Last gefallen war.

Im Gegenteil.

Sie nahmen zusammen das Luncheon und das Dinner ein.

Die übrige Zeit verbrachte sie entweder in ihrer Kajüte oder an einem windgeschützten Platz auf Deck.

Er wußte, daß sie las.

Es dauerte einige Zeit, bis er feststellte, daß die Bücher, in die sie sich vertiefte, in Siamesisch geschrieben waren.

Halb scherzhaft sagte er deshalb beim Luncheon:

»Ich nehme an, du bist sehr viel besser in Siamesisch als ich. Ich sollte dich bitten, mir Unterricht darin zu geben.«

Inzwischen duzte er sie. Sie waren übereingekommen, daß dies besser zu ihrer Schulmädchenrolle und zu seiner Stellung als Vormund paßte.

Sie schaute ihn auf eine rätselhafte Weise an.

Ihm war, als blickte sie ihm auf den Grund seiner Seele, um sich über die Ernsthaftigkeit seiner Bitte klarzuwerden.

Dann sagte sie ein wenig zögernd:

»Wenn ich mir vor Augen halte, welche Gefühle Sie für mich hegen, glaube ich nicht, daß Sie – ein guter Schüler sein würden.«

»Woher willst du wissen, welcher Art meine Gefühle für dich sind?« fragte der Marquis.

Er war sich im klaren, daß er ihr eine Frage gestellt hatte, auf die er eine ehrliche Antwort bekommen würde.

»Ich ärgere Sie, ich bin Ihnen lästig. Außerdem halten Sie mich für unberechenbar.«

Ankana hatte gesprochen, ohne zu überlegen.

Der Marquis lachte.

»Ich dachte, du hättest eine bessere Meinung von dir.«

»Die habe ich auch«, erwiderte sie. »Aber ich weiß,

daß Sie so von mir denken. Und unter diesen Umständen fehlen meiner Meinung nach die Voraussetzungen, die erfahrungsgemäß für eine ersprießliche Zusammenarbeit zwischen Schüler und Lehrer notwendig sind.«

Da dies zweifellos stimmte, hielt der Marquis es für angebracht, nicht mit ihr zu streiten.

Statt dessen sagte er:

»Ich habe dieses Thema bisher absichtlich noch nicht berührt, doch nun hätte ich gern, daß du mir genau erklärst, weshalb du so sicher bist, daß dein Vater noch lebt.«

In den vergangenen drei Tagen hatte er sie ständig beobachtet und war zu der Einsicht gekommen, daß sie fest von dem überzeugt war, was sie bezüglich ihres Vaters behauptete.

Sie wirkte sehr gelassen und ausgeglichen, manchmal sogar regelrecht glücklich, und das konnte sie nur sein, wenn sie tatsächlich der Meinung war, daß ihr Vater noch lebte.

Das Luncheon war beendet, und die Diener hatten sie bei einer Tasse Kaffee alleingelassen.

Vor dem Marquis stand ein kleines Glas Portwein.

Die Sonne schien durch die Fenster der Eignermesse, und der Himmel leuchtete so blau wie das Meer.

In der Ferne grüßten die schneebedeckten Gipfel der Kreta-Berge.

Der Marquis dachte, wie wundervoll doch dieser Anblick war.

Der schneebedeckte Gipfel eines Berges hatte ihn noch immer auf eine ganz seltsame Weise innerlich bewegt.

Er sagte sich, gleichgültig, wie wichtig ihm seine Arbeit in England auch sein mochte, eines Tages würde er in die geheimnisvolle Welt des Himalaja zurückkehren.

Als er sah, daß Ankana zu den Bergen hinüberschaute, als glaubte sie von dort eine Eingebung zu erhalten, sagte er mahnend:

»Weshalb zögerst du mit der Antwort?«

»Ich frage mich«, erwiderte Ankana nach kurzer Pause, »ob Sie mich verstehen werden, wenn ich Ihnen die Wahrheit sage – und auch, ob es klug ist, wenn Sie zuviel wissen.«

Der Marquis war erstaunt.

»Was meinst du damit?«

Sie wandte ihm langsam das Gesicht zu und blickte ihn an.

»Ich nehme an«, sagte er, »du weißt, daß ich es ärgerlich finde, wenn man mir auf eine einfache Frage keine Antwort gibt.«

»Ihnen mag die Frage einfach erscheinen«, erwiderte Ankana. »Aber in dem Fall bleiben Sie nur an der Oberfläche und versuchen nicht, in die Tiefe zu gehen, eine Tiefe, in der Worte nicht mehr viel ausrichten können.«

Da sie seine Neugier geweckt hatte, sagte der Marquis mit einer Stimme, welche die meisten Frauen unwiderstehlich fanden:

»Ich kann dich nur bitten, mir zu vertrauen.«

Ankana seufzte leise, dann sagte sie:

»Very well, ich werde versuchen, es Ihnen so einfach wie möglich zu erklären. Ich habe es Ihnen schon einmal gesagt, aber Sie wollten mir nicht glauben.«

Sie schwieg einen Moment und sagte dann mit großer innerer Bewegung:

»Papa und ich sind einander in Gedanken so nahe, daß wir uns jederzeit erreichen können. Dies wäre nicht möglich, wenn er tot wäre, wie man es Ihnen mitgeteilt hat.«

»Willst du behaupten, du könntest jetzt, in diesem Moment, eine Verbindung zu deinem Vater herstellen?« fragte der Marquis mit einem ungläubigen Tonfall in der Stimme.

»Ich würde es nie versuchen, wenn ich hier mit Ihnen zusammen bin«, erwiderte Ankana. »Aber gestern nacht ist es mir gelungen, ihn zu erreichen, und ich bekam die Gewißheit, daß er lebt und an mich denkt.«

Sie sprach so schlicht und mit einer derartigen Selbstverständlichkeit, daß es für den Marquis schwer war, ihr nicht zu glauben, obwohl sein gesunder Menschenverstand ihm sagte, daß das, was sie sagte, unmöglich war und nur ein Produkt ihrer Einbildungskraft darstellen konnte.

»Vielleicht kann ich Ihnen das Ganze noch ein wenig klarer und deutlicher machen«, sagte Ankana, als er nichts erwiderte. »Ich war noch ein Kind, als Papa mich lehrte, auf seine Gedanken und Befehle zu reagieren, obwohl wir so weit voneinander entfernt waren, daß einer des anderen Stimme nicht mehr vernehmen konnte.«

Sie schaute den Marquis prüfend an, ob er verstanden hatte, was sie meinte.

Als sie den Ausdruck des Zweifels in seinem Gesicht bemerkte, erklärte sie es ihm noch einfacher:

»Ich versteckte mich früher vor meiner Nanny und, als ich etwas älter war, vor meiner Gouvernante in einem Wäldchen, das unser Haus auf dem Land umgab. Wenn sie mich nicht finden konnten, gingen sie zu Papa und sagten: ›Bitte, Sir, wären Sie so nett und würden Miß Ankana rufen. Ich weiß nicht, wo sie sein könnte.‹«

»Und was tat dein Vater?«

»Er sandte seine Gedanken nach mir aus, und wenn ich sie empfing, wußte ich, daß ich nach Hause mußte, auch wenn ich keine Lust dazu hatte.«

»Wie alt warst du zu dieser Zeit?«

»Ich glaube, es begann, als ich vier oder fünf war«, erwiderte Ankana. »Von da an waren wir so aufeinander eingestellt – wie man es vielleicht nennen könnte –, daß er immer wußte, wann ich in Gefahr war und ihn brauchte.«

Sie verstummte und lächelte den Marquis an, bevor sie hinzufügte:

»Auf die gleiche Weise erreicht er mich, wo immer ich sein mag.«

»Für mich ist das schwer zu glauben«, sagte der Marquis. »Trotzdem versichere ich dir, daß ich akzeptiere, was du mir erzählt hast. Was ich gern wüßte, ist dies: Bist du imstande zu erkennen, was dein Vater in diesem Augenblick tut?«

Ankanas Blick ruhte auf den schneebedeckten Berggipfeln in der Ferne. Der Marquis wußte, daß sie sich auf ihren Vater konzentrierte.

Sie wirkte völlig reglos, schien kaum zu atmen.

Der Gedanke kam ihm, daß er noch nie bei einer

Frau eine solche Gelassenheit und innere Ruhe vorgefunden hatte.

Bisher war er immer nur nervösen, ja hysterischen Frauen begegnet, und im Grunde hatte er keine von ihnen ertragen können.

Sybil, zum Beispiel, hatte die Angewohnheit, ständig die Ringe an ihren Fingern zu drehen.

»Warum hältst du nicht mal für einen Augenblick die Hände ruhig?« hatte er sie einmal gefragt, und wie erwartet hatte sie geantwortet:

»Weil es mich in den Fingern juckt, dich zu berühren, und ich keine Ruhe habe, bis ich in deinen Armen liege.«

Der Marquis erinnerte sich an eine andere Schöne, die ihn zu langweilen begann, da sie ewig an ihren Haaren herumspielte, sie glattstrich oder scheinbar widerspenstige Locken an ihren Platz zurückschob.

Dabei hatte ihre Frisur nie auch nur die kleinste Spur von Unordnung gezeigt. Der Marquis vermutete, daß sie auf diese Weise seine Aufmerksamkeit auf ihre ungewöhnlich wohlgeformten Arme hatte lenken wollen.

Mehrere Minuten mochten sie jetzt schweigend zugebracht haben, als Ankana sagte:

»Ich bin sicher, daß Papa sich verkleidet hat, kann aber im Moment nicht erkennen, als was er sich ausgibt. Jedenfalls ist er nicht er selbst.«

Wieder verfiel sie in ein längeres Schweigen und fuhr schließlich fort:

»Er ist in Gefahr, hat die Situation jedoch unter Kontrolle. Und obwohl diese Gefahr ihn von allen Seiten umgibt, ist sein Leben nicht unmittelbar bedroht.«

Sie seufzte tief, als hätte sie längere Zeit den Atem angehalten.

Als sie ihr Gesicht dem Marquis zuwandte, hatte er den Eindruck, daß sie ihn nicht wirklich wahrnahm.

»Woher willst du das alles wissen?« fragte er nach einer Weile. »Und ist uns damit wirklich geholfen?«

»Ich glaube, es wird leichter sein, wenn wir Papa räumlich näher sind«, erwiderte Ankana.

Sie erhob sich, durchquerte die Kajüte und kniete sich auf das Sofa. Sie schaute auf das Meer hinaus.

Als der Marquis die Eignermesse entworfen hatte, hatte er bewußt keine Bullaugen vorgesehen, sondern hatte sich für zwei sehr breite, stahlverstärkte Dickglasfenster entschieden, die extrem stabil waren.

Vom Tisch aus vermochte er Ankanas Profil nun vor dem hellen Hintergrund deutlich zu sehen, während sie reglos aus dem Fenster schaute.

Ihr langes dunkles Haar, auf dem blaue Lichter schimmerten, reichte ihr fast bis zur Taille.

Erstaunt stellte er fest, daß sie schön war.

Am Tag nach Ankanas Entdeckung erschien sie in aller Frühe in einem sehr hübschen Kleid.

Der Marquis brauchte einige Sekunden, bis ihm auffiel, daß sie es durch Umnähen des Saums gekürzt hatte.

Das Haar trug sie offen, wie es bei einem Mädchen von vierzehn Jahren üblich war.

Außerdem hatte sie sich eine Schleife ins Haar gebunden, die genau über dem Scheitel saß.

Ankana war sehr schlank.

Eigentlich viel zu schlank für ihr Alter, dachte der Marquis.

Aber in dieser Lage war ihre Schlankheit gerade richtig, denn sie sah genauso aus, wie sie aussehen wollte: ein junges Mädchen, das noch nicht zur Reife erblüht war.

Während der Marquis sie nun am Fenster betrachtete, dachte er, daß es ihm eigentlich schon früher aufgefallen war, wie ungewöhnlich hübsch sie war.

Vielleicht, verbesserte er sich, ist »schön« das richtige Wort.

Ja, sie war schön.

Schön allerdings in einem anderen Sinn als die Frauen, die man in London bewunderte.

Ihre Augen waren ausdrucksvoll, umgeben von langen, dunklen, kindlich gebogenen Wimpern.

Sie beherrschten das kleine Gesicht und gaben Ankana ein Aussehen, das er nur durchgeistigt nennen konnte.

Durchgeistigt? fragte sich der Marquis erstaunt. Auch das war ungewöhnlich bei einer Frau.

Wenn sie ihn neckte oder sich leidenschaftlich mit ihm stritt, was eigentlich bei jeder Mahlzeit der Fall war, erschien in ihren Augen ein helles, strahlendes Funkeln.

Außerdem krausten sich ihre Lippen in solchen Momenten schelmisch, und das schien den Ausdruck ihres Gesichts völlig zu verändern.

»Was denkst du?« fragte der Marquis scharf.

Er hatte den Eindruck, daß sie ihn ausgeschlossen hatte von etwas, das für sie sehr bedeutsam war.

Zuerst antwortete sie nicht.

Dann sagte sie:

»Nun, ich habe zu den Göttern gebetet, die auf den Gipfeln der Berge wohnen; sie sollen Papa beschützen, was sie bestimmt tun werden.«

»Warum glaubst du, daß die Götter auf den Gipfeln der Berge leben?« fragte der Marquis erstaunt.

»Die Götter und die Engel sind stets herabgestiegen, wenn sie die Menschen besuchten. Ich habe noch nie gehört, daß einmal einer zu ihnen heraufgekommen wäre.«

Der Marquis lachte.

»Das stimmt allerdings.«

»Sie stiegen vom Olymp herunter, und die Mönche glauben, daß die Gipfel des Himalaja die Wohnsitze der Geister und Götter sind.«

Ankanas Gesicht hatte einen versonnenen Ausdruck angenommen, als sie hinzusetzte:

»Und deshalb wurden sie wohl auch noch nie bezwungen.«

»Hast du den Himalaja schon einmal gesehen?« fragte der Marquis überrascht.

»Papa und ich besuchten einmal ein Kloster in den Vorbergen. Es ist schon lange her, aber ich habe diesen Besuch nie vergessen.«

Der Marquis, für den der Himalaja etwas ganz Besonderes war, horchte interessiert auf.

Er wollte sie gerade auffordern, mehr über diesen Besuch zu erzählen. Doch als wäre die Erinnerung daran etwas, was ihr zu heilig und kostbar erschien, um es mit ihm zu teilen, sagte Ankana:

»Nun, da das Luncheon beendet ist, denke ich, daß Sie gern allein sein möchten. Ich werde also jetzt gehen.«

Er schickte sich an, ihr zu sagen, daß es damit keine Eile habe, aber da war sie auch schon verschwunden.

Lange saß der Marquis am Tisch und dachte darüber nach, wie rätselhaft sie war.

Wie verschieden von allem, was er sich unter einem jungen Mädchen vorgestellt hatte.

Später an diesem Tag sah er sie, als er auf der Brücke stand und den Tümmlern zuschaute.

Ein halbes Dutzend dieser wundervollen Fische schwammen im Kielwasser der Yacht, als verfolgten sie das Schiff.

Ab und zu sprangen sie paarweise in weiten, eleganten Sätzen aus dem Wasser, als besäßen sie Flügel.

Zwei Tage später erreichten sie den Suezkanal.

Den Marquis und Ankana erfaßte eine starke Erregung, als sie die von Ferdinand de Lesseps erbaute Wasserstraße zwischen dem Mittelmeer und dem Roten Meer durchpflügten.

Die Sea Horse trug die Flagge des königlichen Yachtclubs.

Daher genossen sie das gleiche Privileg wie die Königliche Marine und brauchten keine Hafengebühren zu zahlen.

Außerdem bewahrte sie die Stellung des Marquis davor, in Port Said lange auf einen Lotsen warten zu müssen. Obgleich eine Anzahl viel größerer Schiffe vor ihnen war, ließ man sie ohne Verzögerung passieren.

Als sie die Bitter Lakes erreicht hatten, begann es warm zu werden.

Auf Deck wurde ein Sonnensegel aufgespannt, und der Marquis warnte Ankana davor, sich ohne Hut oder Sonnenschirm der Sonne auszusetzen.

»Vielleicht mache ich Ihnen weniger Ärger, wenn Sie mich einfach ins Bett stecken«, neckte ihn Ankana.

»Im Gegenteil«, sagte er, »inzwischen habe ich das Gefühl, daß du für mich unentbehrlich geworden bist.«

Sie lächelte ihn an und fragte provozierend:

»Versuchen Sie nun nett zu mir zu sein, weil Sie zu der Einsicht gekommen sind, ich könnte Ihnen von Nutzen sein?«

»So kannst du es auch ausdrücken«, erwiderte der Marquis. »Jedenfalls können wir uns bis Bangkok ja nicht unentwegt streiten.«

»Sie waren es, der gestritten hat, nicht ich.« Ankana lächelte.

Das Rote Meer war ruhig, die Luft war heiß. Der Marquis stellte zufrieden fest, daß die Fahrt bisher ganz nach Wunsch verlaufen war.

Zu seiner Überraschung mußte er zugeben, daß er sich auf die Unterhaltungen mit Ankana beim Luncheon und beim Dinner zu freuen begann.

Noch nie war er bisher mit einer schönen Frau zusammengewesen, die nicht mit ihm geflirtet hätte. Jeder Blick, jedes Wort, jede Bewegung der Lippen und des Körpers hatten diesem Zweck gedient.

Ankana, die sehr jung aussah mit ihrem langen Haar

und den kurzen Kleidern, sprach mit ihm, als wäre sie im gleichen Alter wie er.

Sie war klug und wußte viele Dinge, über die der Marquis noch nie zuvor mit einer Frau geredet hatte.

Sie unterhielten sich über fernöstliche Religionen, über Eingeborenenbräuche und -sitten in den verschiedensten Ländern, die sie beide schon besucht hatten.

Ankana hatte auch sehr viel darüber gelesen und verfügte über ein Wissen, das den Marquis verblüffte.

Es war unvermeidlich, daß sie in manchen Punkten verschiedener Meinung waren.

Dem Marquis kam abends oft der Gedanke, daß seine Gespräche mit Ankana durchaus vergleichbar waren mit denen, die er mit seinen intelligenten Freunden im Club führte.

Die Gespräche hätten aber auch bei einem parlamentarischen Dinner mit einem Politiker stattfinden können.

Es war erstaunlich für den Marquis, daß ein junger Mensch soviel Wissen gespeichert hatte.

Doch noch erstaunlicher war in seinen Augen eine Eigenschaft, die er noch bei keinem anderen Menschen festgestellt hatte: Ankana konnte zuhören und versuchte nicht, das Gespräch ständig an sich zu reißen.

Wenn sie in eine Diskussion gerieten, blieb sie sachlich – im Gegensatz zu den anderen Frauen, die er kannte, die nie über ein Thema sprechen konnten, ohne gleich persönlich zu werden, oder die tödlich gekränkt waren, wenn er einmal nicht ihrer Meinung war.

Es war ein Vergnügen, mit Ankana die Klingen zu kreuzen. Ihre Argumente waren brillant, ihre Bilder anschaulich und ihre Ausführungen klar.

Sie erkannte jede Schwäche in seiner Beweisführung, und oft genug gestand er sich beschämt ein, daß sie in ihren Rededuellen öfter den Sieg davontrug als er.

Am Abend lag er oft lange wach und überdachte, was sie gesagt hatte.

Und immer wieder ertappte er sich dabei, daß er nach neuen Themen suchte, mit denen er sie am folgenden Tag konfrontieren konnte.

Ab und zu versank sie plötzlich in Schweigen, aber das nicht etwa, weil sie nichts zu sagen wußte.

Dieses Schweigen umgab sie dann vielmehr mit einer Würde, die ein Gefühl der Bewunderung und zugleich der Zuneigung in ihm auslöste.

Sie hatte ihm erzählt, daß sie sich mit Yoga und mit buddhistischer Philosophie befaßte. Sie fühlte sich vom Buddhismus stärker angezogen als von anderen Religionen, die sie auf ihren Reisen kennengelernt hatte.

Der Marquis war sich dessen bewußt, daß die Situation, in der er sich befand, äußerst seltsam war.

Seine Freunde wären belustigt gewesen, hätten sie davon gewußt.

Niemand hätte ihm geglaubt, daß er eine so lange Zeit allein mit einer Frau auf einem Schiff zusammen war, ohne sie zu lieben oder sich darüber klar zu sein, daß sie dies von ihm erwartete.

Und daß Ankana dies von ihm erwartete, war völlig abwegig – ein geradezu absurder Gedanke.

Der Marquis wußte nicht einmal, ob sie ihn sympathisch fand.

Für sie war er wahrscheinlich nur der Mann, der sie schnell zu ihrem Vater zu bringen vermochte.

Eines Abends nach dem Dinner fragte er sie:

»Hast du jemals darüber nachgedacht, daß dich diese Reise um die Chance bringt, einen passenden Ehemann zu finden?«

Erstaunt blickte sie ihn an.

»Wenn Sie glauben, daß dies der Grund ist, weshalb ich der Vorstellung bei Hof und allen Bällen und Empfängen zugestimmt habe, die Tante Alice für so wichtig hält, irren Sie sich.«

»Aber weshalb denn sonst?« fragte der Marquis.

»Weil Papa mir gesagt hat, es sei bestimmt Mamas Wunsch gewesen, wenn sie noch lebte. Und ich wollte ihn nicht enttäuschen. Aber was das Heiraten betrifft, so denke ich im Augenblick noch nicht daran. Zuerst möchte ich noch viel von der Welt sehen, ehe ich mich mit diesem Thema näher beschäftige.«

Ihre Stimme nahm einen fröhlichen Klang an, als sie fortfuhr:

»Es gibt für mich nichts Aufregenderes, als mit Papa durch die Welt zu reisen. Es ist jedenfalls für mich tausendmal interessanter, als mit einem einfallslosen jungen Mann zusammenzuleben, der nichts anderes im Kopf hat als den Sieger des Gold Cup von Ascot und die nächste Einladung auf Marlborough House.«

Der Marquis lachte.

»Nicht alle Männer beschäftigen sich mit diesen Dingen.«

»Was ich bezweifle«, widersprach Ankana. »Ich habe den Freundinnen von Tante Alice zugehört, als sie über ihre Ehemänner herzogen oder sich über ihre Liebhaber lustig machten.«

Sie schwieg, schaute ihn an und sagte bestimmt:

»Ich bin jedenfalls zu der Überzeugung gelangt, daß ein Mann, der seine Zeit mit solchen Frauen verschwendet, ein Schwachkopf sein muß.«

»Wie ich vermute, hast du mich ebenfalls in diese Kategorie eingeordnet«, bemerkte der Marquis trocken.

Ankana schaute ihn an, als ob sie erstaunt wäre, daß er ihre Bemerkungen persönlich nahm.

Dann neigte sie ein wenig den Kopf und sagte:

»Eines steht fest: Sie sind sehr viel intelligenter, als ich geglaubt habe. Um so weniger begreife ich, daß Sie sich mit derart sinnlosen Dingen abgeben.«

»Ich halte es für unfair, daß du mich aufgrund von Gerüchten verurteilst. In England ist ein Mann so lange unschuldig, bis der Beweis des Gegenteils erbracht wurde.«

Ankana lachte.

»Wenn Sie wüßten, wie die Damen über Sie redeten, hätten Sie keinen Zweifel daran, daß sie vor Gericht ganz erstklassige Zeugen gegen Sie abgeben würden.«

»Was immer sie auch gesagt haben, vor dir hätten sie es nicht tun dürfen«, entschied der Marquis scharf.

»Ich bin sicher, sie haben mich gar nicht bemerkt«, erklärte Ankana. »Für sie bin ich nur eine unerfahrene kleine Debütantin, die noch die Eierschalen hinter den Ohren hat und völlig bedeutungslos ist.«

Sie lachte leise auf, dann fuhr sie fort:

»Und das werde ich für sie auch immer bleiben. Es sei denn, ich heirate jemanden mit einem Titel und werde dadurch Teil des kleinen intimen Goldfischteichs, in dem sie das Sagen haben.«

»Ich denke, du urteilst ein wenig zu hart über die Gesellschaft«, sagte der Marquis. »Du vergißt völlig, daß es diese Männer sind, die das Land regieren. Männer, denen es seine Größe und Blüte verdankt. Aber auch Männer, die einmal ausspannen und einfach nur Mensch sein möchten.«

Nach einer Pause sagte er dann mit einem Lächeln auf den Lippen:

»In solchen Augenblicken brauchen sie die Zärtlichkeit einer Frau.«

Ankana stützte die Ellbogen auf den Tisch und schmiegte das Kinn in beide Hände.

Sie blickte zu ihm auf und sagte:

»Von diesem Standpunkt aus habe ich es noch nicht gesehen. Was Sie sagen wollen, ist also dies: Männer, die sich die meiste Zeit mit der Politik und den Problemen des Landes befassen, sei es im Parlament oder in der Regierung, mögen keine klugen Frauen. Sie lieben an einer Frau nur das Sanfte, Weiche, Willfährige, nicht wahr?«

»Ich glaube, das ist eine sehr treffende Zusammenfassung.«

»Papa ist der Meinung, daß ein Mann mit etwas Verstand im Kopf den Wunsch hat, mit der Frau, die er liebt, zu reden wie mit einem Partner, der ihm ebenbürtig ist. Er liebte Mama, weil sie nicht nur schön, sondern auch klug war.«

»Dein Vater sprach von der einzigen Frau in seinem Leben, die ihm etwas bedeutete«, sagte der Marquis. »Die Frauen, von denen du redest – oder besser: die du belauscht hast –, sprachen nicht von ihren Ehemännern, sondern sie waren selbst nur auf Vergnügen aus.«

Ankana lehnte sich in ihrem Stuhl zurück.

»Ich verstehe, was Sie meinen«, sagte sie. »Aber ich glaube, es ist falsch und ziemlich unerfreulich. Ich bin sicher, ein Mann wünscht sich für sein Privatleben etwas anderes als nur einen schönen Körper.«

Der Marquis dachte, daß dies eine sehr ungewöhnliche Unterhaltung mit einem so jungen Mädchen war.

Doch da er den Wunsch hatte, daß sie ihn verstand, entgegnete er ruhig:

»Ich glaube, jeder Mann ist auf der Suche nach der Idealfrau, die er lieben und heiraten will und die ihn so ausfüllt, daß er gar nicht mehr den Wunsch verspürt, einer anderen nachzuschauen.«

Er seufzte schwer und fuhr fort:

»Leider jedoch geraten einem die Dinge im Leben nicht immer so, wie man sie sich wünscht.«

Er suchte nach einem Bild und fuhr fort:

»Blumen, die heute frisch sind, sind morgen verwelkt. Man kann nichts anderes tun, als sie wegzuwerfen und sich andere hinzustellen: Rosen, Lilien, Orchideen.«

Er schwieg und setzte dann hinzu:

»Sie alle sind auf ihre Art vollkommen, aber trotzdem vielleicht nicht das, was man sucht.«

Ein längeres Schweigen entstand, bis Ankana sagte:

»Ich verstehe, was Sie sagen wollen. Aber wenn jemand wie Sie nur das Vollkommene akzeptiert, wird er dann bei seiner Suche nicht immer wieder neu enttäuscht sein?«

»Das stimmt«, gab der Marquis zu. »Aber du erwartest doch deshalb nicht von mir, daß ich mit der Suche aufhöre, nicht wahr? Die Sterne leuchten immer noch am Himmel, obwohl du nicht danach greifen kannst.«

Ankana dachte einen Augenblick lang nach, dann erklärte sie zu seiner Überraschung:

»Vielleicht – habe ich Sie gestern falsch beurteilt und muß mich dafür bei Ihnen entschuldigen.«

»Danke«, erwiderte der Marquis.

Aber erst nachdem Ankana zu Bett gegangen war, rang er sich zu der Überzeugung durch, daß sie ihre Worte nicht sarkastisch gemeint hatte.

Es beeindruckte ihn, daß sie es für notwendig gehalten hatte, sich bei ihm zu entschuldigen.

»Sie ist das außergewöhnlichste Mädchen, das mir jemals begegnet ist«, sagte er zu sich selbst.

Er schlief ein, während er noch überlegte, worüber sie am nächsten Tag reden sollten.

In der Messe hatte es einige Veränderungen gegeben, und der Marquis hatte den Eindruck, daß Ankana sie mit einem Funkeln in den Augen zur Kenntnis nahm.

Seit sie das Mittelmeer verlassen hatten, lagen auf der Ablage hinter jedem Sofa drei metallisch schimmernde Revolver.

In den Glasvitrinen über den Fenstern befanden sich neun Winchestergewehre mit je fünfzehn Patronen, die man, ohne nachladen zu müssen, aus dem Lauf jagen konnte. Ein Magazin mit Munition lag in einer Schublade des Bücherregals.

An Deck standen vier Messinggeschütze zur Abschreckung eventuell auftauchender Piraten aus dem Chinameer.

»Hoffentlich kommt es nicht so weit, daß wir gezwungen sind, uns der Waffen zu bedienen«, sagte der Marquis, als Ankana ihre Verwunderung ausdrückte. »Aber ich möchte gerüstet sein – für alle Fälle.«

Ernst setzte er hinzu:

»Ich habe nicht den Wunsch, daß meine Yacht geplündert wird, ganz abgesehen davon, daß Piraten nicht sonderlich darauf achten, ob sie jemanden töten, wenn sie ein Schiff entern.«

Ankana wußte, daß er recht hatte.

Sie betete zum Himmel, daß weder Piraten noch andere Hindernisse sie davon abhalten mochten, heil und gesund in Bangkok anzukommen.

In der Nacht, in der sie die Südspitze Indiens passierten, glaubte sie einen Schuß zu hören.

Sie sprang aus dem Bett, lief zum Bullauge ihrer Kajüte und schob den Vorhang beiseite.

Sie vermochte nichts zu sehen. Dann ertönte ein weiterer Schuß.

Obwohl er entfernt klang, war sie beunruhigt. Sie eilte aus ihrer Kajüte und klopfte an die Tür des Marquis.

Als er nicht antwortete, öffnete sie die Tür.

Es brannte kein Licht, und er schlief tief und fest. Aber er war Soldat gewesen, und die bloße Tatsache, daß sie in seiner Kajüte stand, genügte, daß er aufwachte, auch wenn sie ihn nicht angerufen hatte.

Als er ihre Silhouette sah, die sich gegen das Licht,

das hinter ihr im Gang brannte, deutlich abhob, richtete er sich im Bett auf.

»Was ist?« fragte er.

»Ich habe Schüsse gehört«, erwiderte Ankana. »Ich mache mir Sorgen, daß es Piraten sein könnten.«

»Das werden wir bald wissen«, sagte der Marquis. »Zieh dir etwas Warmes über. Ich bin in einer Minute bei dir.«

Sie hatte so schnell reagiert, daß sie vergessen hatte, in ihren Morgenmantel zu schlüpfen, aber sie kam gar nicht auf die Idee, daß sich ihr schlanker Körper vor dem hellen Rechteck des Türrahmens deutlich abzeichnete. Sie kehrte in ihre Kajüte zurück und zog sich an.

Wenige Sekunden später hörte sie, daß er aus seiner Kajüte kam.

Er stieg vor ihr den Niedergang hinauf, der auf das Oberdeck führte.

Er öffnete die Tür, und als sie nach draußen traten, befanden sie sich direkt unter dem Sonnensegel.

Der Marquis ging bis an die Reling.

Der Mond schien, und der Himmel war mit Sternen übersät. Die Yacht war nicht weit vom Land entfernt, und der Marquis stellte fest, daß es die Küste von Ceylon war, die sie entlangfuhren.

Die Schüsse, die Ankana gehört hatte, mußten von dort gekommen sein.

Weiteres Gewehrfeuer ertönte in der Ferne, gefolgt von einer Anzahl dumpfer Detonationen.

Dort drüben fand ein Kampf statt. Entweder zwischen zwei Schiffen oder zwischen einem Schiff und dem Festland.

Beunruhigt stieg der Marquis auf die Brücke hinauf, wo er den Kapitän bereits vorfand.

»Miß Brook wurde von den Schüssen geweckt«, sagte er.

Während er sprach, bemerkte er, daß Ankana bereits neben ihm stand.

»Ich vermute, es sind Piraten, Mylord«, sagte der Kapitän. »Das beste ist, wir sehen zu, daß wir so schnell wie möglich von hier fortkommen.«

»Das ist auch meine Meinung!« stimmte der Marquis zu.

»Ich wollte soeben den Befehl geben, die Geschütze zu bemannen«, fuhr der Kapitän fort. »Aber es sieht ganz so aus, als fände der Kampf ziemlich weit entfernt statt.«

Der Marquis spähte zur Küste hinüber, was bei dem hellen Mondlicht nicht schwierig war.

Zu seiner Beruhigung stellte er fest, daß sie weit und breit das einzige Schiff waren.

Der Kapitän hatte die Geschwindigkeit erhöht und steuerte die Sea Horse vom Land weg.

»Ich denke, es besteht keine akute Gefahr, Captain«, sagte der Marquis. »Doch vorsichtshalber sollten Sie die Wachen verdoppeln – wenigstens für die nächsten Stunden.«

»Geht in Ordnung, M'lord.«

Ankana sagte kein Wort, doch der Marquis merkte, wie aufgeregt sie war.

Ohne nachzudenken, ergriff er ihre Hand und hielt sie in der seinen.

Er spürte, wie ihre Finger zitterten, und dachte, daß

es das erste Mal war, daß sie Merkmale von Angst zeigte.

Er zog sie von der Brücke und kehrte mit ihr dorthin zurück, wo sie gestanden und auf die Schüsse gelauscht hatten.

Das Gefecht war noch immer im Gange, und der Marquis war fast sicher, daß es sich um zwei Schiffe handelte, die sich gegenseitig beschossen.

»Wir hätten es genausogut sein können«, murmelte Ankana. »Unter Umständen hätte unsere Reise nach Bangkok ein schlimmes Ende genommen, und Papa hätte vergeblich auf unsere Hilfe gewartet.«

Der Marquis hatte es auf der Zunge, zu sagen, daß es höchst unwahrscheinlich war, daß ihr Vater auf sie wartete.

Er ließ die Worte jedoch unausgesprochen.

Statt dessen meinte er nach einer Pause:

»Zum Glück wurden wir von dem Überfall verschont, weil das Piratenschiff, das in diesen Gewässern auf Beute lauert, bereits ein anderes Opfer gefunden hat.«

»Ja, das denke ich auch.«

Während sie sprach, legte Ankana den Kopf in den Nacken und blickte zu den Sternen empor.

Vom Mondlicht beschienen, sah sie in dieser Haltung wundervoll aus.

Der Marquis merkte erst jetzt, daß er immer noch ihre Hand hielt. Dabei hatte er das seltsame Gefühl, daß sie ihn völlig vergessen zu haben schien.

»Dankst du den Göttern, von denen du glaubst, daß sie über uns wachen?« fragte er.

Obwohl er seinen Worten einen leichten Klang gab, war kein Spott in seiner Stimme.

»Ja«, antwortete sie. »Der Mensch hat immerzu Grund zur Dankbarkeit. Und ich bin dem Himmel sehr dankbar, daß Ihre Geschütze nicht in Tätigkeit treten und wir nicht die Revolver aus dem Speiseraum zu Hilfe nehmen mußten.«

»Ich nehme an, du weißt, wie man mit einem Revolver umgeht«, sagte der Marquis.

»Natürlich weiß ich das. Papa lehrte es mich bereits, als ich noch klein war. Er sagte, man könne ja nie wissen, ob man einmal gezwungen sein würde, eine Waffe zu benutzen – wie heute nacht zum Beispiel.«

»Auch ich bin sehr dankbar dafür, daß nicht wir, sondern ein anderer von einem unbekannten Feind angegriffen wurden.«

Sekundenlang schlossen sich Ankanas Finger fest um die seinen, dann sagte sie:

»Ich werde nicht aufhören, für eine glückliche Ankunft in Bangkok zu beten. Ich habe so inbrünstig für Papa gebetet, daß ich gar nicht auf den Gedanken gekommen bin, daß auch wir den Schutz des Himmels benötigen.«

Ihre Stimme war ernst. Fast klang es wie ein Selbstvorwurf, ein Tadel, der für sie selbst bestimmt war.

Dann lächelte sie zum Marquis auf und verschwand durch die Tür, die ins Schiffsinnere führte.

Überrascht starrte er einen Moment lang hinter ihr her.

Er hätte sich gerne noch länger mit ihr unterhalten.

Voller Selbstironie dachte er, wie ungewöhnlich es

doch war, daß eine Frau ihn verließ, bevor er keine Verwendung mehr für sie hatte.

Er spähte zurück, wo immer noch die Mündungsblitze der Gewehre und Kanonen zu sehen waren, und ertappte sich bei dem Wunsch, daß Ankanas Gebete in Erfüllung gehen mochten.

Sie hatte so hinreißend ausgesehen mit ihrem zum nächtlichen Himmel emporgehobenen Gesicht.

Wahrhaftig, es war wirklich nicht schwer, daran zu glauben, daß sie mit den Göttern Verbindung hatte, die – wie sie behauptete – ihr Schutz gewährten. Sie und die mächtigen Geister, die auf den schneebedeckten Berggipfeln ihre Wohnstatt hatten.

Er lachte in sich hinein.

»Wenn diese Reise noch länger dauert«, brummte er, »werde ich am Ende auch noch an Zauberei, Hexerei und natürlich an die unsterblichen Götter auf dem Olymp glauben.«

Er ging zum Niedergang, stieg nach unten und steuerte auf die Eignerkajüte zu. Dabei dachte er, daß diese Reise auf jeden Fall bemerkenswert und seltsam war, gleich welchen Erfolg sie auch haben mochte.

Und deshalb hatte er bis jetzt – erstaunlich genug – noch nicht die leiseste Langeweile empfunden.

4

Die Sea Horse dampfte den Golf von Siam hinauf.

Der Marquis wußte, daß sie sich kurz vor der Flußmündung befanden, an deren Ufern Bangkok lag. Er sagte zum Kapitän:

»Ich glaube, wir haben den Rekord gebrochen.«

»Das haben wir mit Sicherheit, M'lord«, erwiderte der Kapitän. »Wenn wir vor dem Palast auf dem Menam Chao Phya vor Anker gehen, haben wir für die Reise nur zwanzig Tage gebraucht.«

»Hervorragend. Ich gratuliere Ihnen, Captain. Ich bin Ihnen sehr dankbar dafür.«

»Danke, M'lord. Ich bin auch sehr zufrieden mit allem, denn als Sie zu Beginn der Fahrt so sehr auf Tempo drängten, hielt ich eine derart kurze Reisezeit für schier unmöglich.«

Der Marquis wußte, daß eine solche Rekordleistung nur zustande hatte kommen können, weil die Yacht Tag und Nacht mit Höchstgeschwindigkeit gefahren war. Maschinen und Mannschaft hatten ihr Äußerstes gegeben.

Der Marquis lächelte zufrieden.

Dabei war er sich darüber im klaren, daß die eigentlichen Probleme erst begannen.

Und das erste davon war Ankana.

Als sie in die breite Flußmündung mit dem einsamen Leuchtturm am rechten Ufer, den gesunkenen Dschunken zu beiden Seiten und den Sperren, die den Feind an einer eventuellen Landung hindern sollten, einfuhren, spürte er die Erregung, die jäh in Ankana aufstieg.

Die Yacht fuhr stromaufwärts. Sie sahen die Mangrovenbäume und die mächtigen Palmen, die von Lianen und riesigen Kletterpflanzen umrankt waren.

Es gab zahlreiche Fischerboote, die mit ihrer Fracht zum Markt nach Bangkok unterwegs waren.

Man konnte sie deutlich an ihren hohen Bug- und Heckmasten, der langgestreckten Form und den eigenartigen, an Wikingerschiffe erinnernden Doppelrudern erkennen.

Kinder paddelten in winzigen Kanus über den Fluß, fuhren im Kielwasser der Yacht, winkten lachend und schreiend zur Brücke hinauf, als die Sea Horse vorüberfuhr.

Auch an Schwimmdocks dampften sie vorbei.

Weiter den Fluß hinauf gab es Molen und Landungsstege, Reismühlen und eine endlose Reihe von einheimischen Reisbooten.

Es ist ein exotisches Bild von faszinierender Buntheit, dachte der Marquis.

Ihm entging die Spannung nicht, die Ankana erfaßt hatte, obwohl sie das rege Treiben auf dem Wasser mit dem gleichen Interesse verfolgte wie er selbst.

Bald waren sie am Ziel. Die Sea Horse bereitete sich auf das Anlegemanöver vor.

Der Marquis ahnte, was in dem Mädchen neben ihm vorging.

Bald war es soweit. Bald würden sie mit der Suche nach ihrem Vater beginnen.

Daß sie damit erfolgreich sein würden, daran gab es für sie nicht den geringsten Zweifel.

Obwohl der Marquis wußte, daß es verlorene Liebesmüh' war, bat er sie in die Messe und sagte, als sie die Tür hinter sich geschlossen hatte:

»Ich muß mit dir sprechen, Ankana.«

Aus ihren großen Augen sah sie ihn abwartend an.

Ein wenig unbehaglich, dachte er, daß sie seine Worte kannte, bevor sie ihm noch über die Lippen kamen.

Dennoch begann er:

»Sobald wir im Hafen angelegt haben, werde ich dem König einen Besuch abstatten und in Erfahrung zu bringen versuchen, wie es um deinen Vater nun wirklich steht.«

Eine kurze Pause entstand, bevor sie mit ruhiger Stimme sagte:

»Ich werde mitkommen.«

»Ich glaube, das wäre ein Fehler«, antwortete der Marquis rasch. »Möglicherweise ist der König in deiner Gegenwart nicht bereit, so offen zu reden, wie er es tun würde, wenn er mit mir allein wäre.«

»Ich verstehe genau, was Sie mir sagen wollen«, erwiderte Ankana. »Doch ich bin fest entschlossen, Sie zu begleiten oder – falls Sie das vorziehen – selbst um eine Privataudienz beim König nachzusuchen.«

Sie schwieg einen Moment, fuhr dann jedoch mit fester Stimme fort:

»Ich bin sicher, er wird die Tochter Calvin Brooks nicht abweisen.«

Die Lippen des Marquis wurden schmal, als er sah, wie hartnäckig sie blieb.

Dann sagte er sich, daß es völlig sinnlos war, mit ihr zu streiten, und gab nach.

»Very well«, versetzte er. »Wir werden zusammen hingehen.«

Seine Stimme wurde dunkler, als er mit großer Bestimmtheit einschränkte:

»Aber laß es mich dir ganz klarmachen, Ankana. Falls Nachforschungen nötig sein werden, falls es auch nur im entferntesten nach Gefahr aussieht, wirst du an Bord der Yacht bleiben.«

Er rechnete mit ihrem Widerspruch, doch sie lachte nur.

Nach einigen Atemzügen fragte sie:

»Sie glauben doch nicht wirklich, ich würde eine derartige Forderung akzeptieren. Wenn Sie mich hier allein zurücklassen, werde ich Nachforschungen auf eigene Faust anstellen, um herauszufinden, was mit Papa geschehen ist.«

Sie lächelte ihn an und setzte hinzu:

»Ich versichere Ihnen, ich werde genauso erfolgreich sein wie Sie – wenn nicht sogar erfolgreicher.«

»Nun hör mal zu, Ankana«, sagte der Marquis. »Das Ganze ist kein Spiel!«

Er blickte sie fest an und fuhr fort:

»Du weißt, dein Vater und ich sind schon in manch eine gefährliche Situation geraten. Nicht auszudenken, du wärst in einem solchen Augenblick bei uns gewesen. Das hätte eine Katastrophe bedeutet.«

»Sie versuchen mir nur Angst einzujagen!« protestierte Ankana. »Woher wollen Sie das wissen? Wie kommen Sie dazu, anzunehmen, ich wäre Ihnen eine Last anstatt eine Hilfe?«

»Verdammt!« stieß der Marquis hervor. »Du wirst

tun, was ich sage, und auf der Yacht bleiben. Andernfalls werde ich dich in deiner Kajüte einschließen.«

Ankana antwortete nicht.

Sie lächelte nur. Aufreizend, wie er dachte. Er war drauf und dran, die Beherrschung zu verlieren.

»Der Ärger mit dir ist, daß du so verwöhnt bist«, fauchte er. »Dein Vater muß dir immer deinen Willen gelassen haben.«

Wütend starrte er sie an und fuhr fort:

»Aber weil ich nicht will, daß du vor meinen Augen umgebracht oder verletzt wirst, bestehe ich darauf, daß du tust, was ich sage!«

»Und weshalb sollte ich das?«

»Weil ich dich dazu zwingen werde!«

Noch während er sprach, war er sich darüber im klaren, daß sie nicht gehorchen würde.

Und wenn er ehrlich war, hatte er nicht die geringste Ahnung, was er unternehmen sollte, um sie gefügig zu machen.

Zornig wandte er sich zum Fenster und blickte zu dem Schwimmdock hinüber, das sie in diesem Augenblick passierten.

Dann hörte er hinter sich ihre überraschend leise Stimme.

»Bitte, wir wollen nicht streiten. Ich bin Ihnen wirklich sehr dankbar dafür, daß Sie mich mitgenommen haben – und alles, was wirklich zählt, ist doch, daß wir Papa finden.«

Der Marquis drehte sich nicht zu ihr um. Aber Sekunden später fragte er mit völlig veränderter Stimme, was er sie schon so oft gefragt hatte:

»Und angenommen, wir finden ihn nicht – was dann?«

»Dann haben Sie recht – und ich unrecht«, erwiderte Ankana sehr ruhig.

Eine Stunde später sahen sie die Türme des Palastes.

Als sie neben der Mauer vor Anker gingen, leuchteten das Gold der Tempelbauten und die mehrgiebligen Dächer des Königspalastes in der Sonne.

Kurz nachdem sie angelegt hatten, gingen der Marquis und Ankana an Land.

Der Anblick der malerischen Gebäude mit ihren vergoldeten Horndächern und den zinnenverzierten Pagoden war überwältigend.

Empfangen wurden sie von einem königlichen Kammerherrn.

Er trug ein langes weißes Jackett mit Goldknöpfen, einen purpurfarbenen Seidenpanung, die sonderbaren weiten Hosen, die in Siam von Männern und Frauen getragen werden, weiße Seidenstrümpfe und Schnallenschuhe.

Der Kammerherr sagte in verständlichem, wenn auch schlechtem Englisch, er sei erstaunt, daß der Marquis es geschafft habe, so schnell auf das Telegramm des Königs hin in Bangkok einzutreffen.

Er hieß beide im Namen Seiner Königlichen Majestät willkommen, die sie, so sagte er, so bald wie möglich in Privataudienz empfangen werde.

In der Zwischenzeit führte er sie in den Gästepalast, wo ihnen ein Becher Eiskaffee serviert wurde.

Der Kammerdiener erklärte, der Gästepalast stehe ihnen zur Verfügung, falls der Marquis es vorziehe, hier und nicht auf seinem Schiff zu wohnen.

Der Marquis bedankte sich für das großherzige Angebot, legte sich jedoch mit seiner Antwort nicht fest.

Vermutlich wollte er zunächst eine genaue Auskunft des Königs über das Schicksal Calvin Brooks abwarten.

Wenn am Tode des Freundes kein Zweifel bestand – was der Marquis annahm –, würde Ankana die bittere Wahrheit akzeptieren müssen, und sie konnten Bangkok schon bald wieder verlassen.

Der Kammerherr hatte den König offenbar unverzüglich von ihrer Ankunft unterrichtet.

Sie befanden sich erst kurze Zeit im Gästepalast, als ein Diener mit der Nachricht zu ihnen kam, Seine Majestät sei bereit, sie zu empfangen.

Man führte sie über den Palasthof, auf dessen Steinplatten die Hitze brütete, dann in den Chakri-Palast, dessen Empfangshalle mit Bildnissen früherer Könige geschmückt war.

Der Saal, den sie betraten, war nicht groß, und an der gegenüberliegenden Wand gab es ein niedriges Podium mit einem schlichten Thronsessel.

Als Chulalongkorn erschien, verließen der Kammerherr und das Gefolge der Höflinge den Raum, sobald der König auf dem Thronsessel Platz genommen hatte.

Offensichtlich hatte Seine Majestät Anweisung gegeben, daß man ihn mit dem Marquis und Ankana allein ließ.

Chulalongkorn war ein schöner Mann, der nicht nur

größer war als die meisten Mitglieder seiner Familie, sondern sie auch im Aussehen weit übertraf.

Der Marquis verneigte sich. Der König streckte ihm die Hand entgegen und sagte:

»Es ist schön, Sie zu sehen, Mylord.«

»Es ist uns eine große Ehre, von Eurer Majestät empfangen zu werden«, erwiderte der Marquis. »Ich bin Ihnen sehr dankbar für Ihre Einladung, auch wenn der Anlaß dazu ein so tragischer ist.«

Der König blickte auf Ankana, und der Marquis sagte:

»Darf ich Eurer Majestät Mister Calvin Brooks Tochter Ankana vorstellen. Sie hatte den Wunsch mitzukommen. Sie werden verstehen, daß es mir unmöglich war, ihr diese Bitte abzuschlagen.«

»Ich habe von Ihnen gehört, Miß Ankana«, sagte der König.

Er sprach ein ausgezeichnetes Englisch, was dem Marquis bereits aufgefallen war, als Chulalongkorn England besucht hatte.

Oft benutzte der König einen Dolmetscher, weil er sicher sein wollte, keinen Fehler zu machen.

Dem Marquis gegenüber hatte er diese Bedenken nicht. Mit ihm unterhielt er sich immer sehr frei und ungezwungen.

Mit einer Handbewegung lud er seine Gäste ein, in den unbequemen Armsesseln Platz zu nehmen, die in der Mitte des Raumes standen.

Ankana dachte, wie seltsam es war, daß man eine solche Anordnung getroffen hatte. Sie saßen in dem Saal weit voneinander entfernt und waren gezwungen, sich über eine ungewöhnliche Distanz hinweg zu unterhalten.

Der König senkte die Stimme, und Ankana erkannte sofort die Absicht, die dahinter steckte.

Es würde für jeden Lauscher, auch für jemanden mit einem sehr scharfen Gehör, unmöglich sein mitzubekommen, was zwischen ihnen besprochen wurde.

Der König wandte sich zunächst an Ankana.

»Ich kann Ihnen nicht sagen, Miß Ankana, wie erschüttert ich war, als ich die Meldung vom Tod Ihres Vaters erhielt.«

Ankana blickte ihn an.

Am Ausdruck ihrer Augen konnte der Marquis erkennen, daß ihr Blick dabei wieder auf jene seltsame Art nach innen gerichtet war, wie er es schon so oft an ihr bemerkt hatte.

Erst nach einer kurzen Pause erwiderte sie:

»Ich weiß Ihre freundliche Anteilnahme sehr zu schätzen, Majestät, doch ich glaube, Sie sind wie ich davon überzeugt, daß sie unnötig ist.«

Der König schwieg einen Augenblick, dann fragte er:

»Wollen Sie damit sagen, Sie zweifeln daran, daß die Nachricht vom Tod Ihres Vaters der Wahrheit entspricht?«

»Um dies zu erfahren, wenden wir uns an Sie, Majestät«, erwiderte Ankana.

Der Marquis hatte das Gefühl, Ankanas Ansicht genauer erklären zu müssen.

»Miß Brook nimmt an, daß es bei der Kunde vom Tod ihres Vaters nicht mit rechten Dingen zugegangen ist. Tatsächlich ist sie zutiefst davon überzeugt, daß er noch lebt.«

Obwohl er sich Mühe gab, seiner Stimme einen sachlichen Klang zu geben, war der eigene Zweifel an Ankanas Standpunkt aus seinen Worten deutlich herauszuhören.

Wieder schwieg der König sekundenlang. Dann antwortete er:

»Es hatte einen Grund, weshalb ich Sie kommen ließ, Mylord. Der Bericht von Mister Brooks Tod gab mir Rätsel auf.«

Er schwieg, lächelte den Marquis an und fuhr fort:

»Außer Ihnen habe ich niemanden, den ich mit den notwendigen Nachforschungen betrauen könnte. Nur durch Sie kann ich erfahren, ob man mir die Wahrheit gesagt hat oder nicht.«

Der Marquis setzte sich ein wenig bequemer in seinem Sessel zurecht, bevor er sagte:

»Ich kann Eure Majestät nur bitten, mir wie in der Vergangenheit Ihr vollstes Vertrauen zu schenken und ganz offen zu mir zu sein.«

»Sie wissen«, begann der König, »ich bin Ihnen außerordentlich dankbar für die Hilfe, die Sie Mister Brook gewährten, als er gewisse Aufträge für mich ausführte, über die ich jetzt nicht reden möchte.«

Er blickte sich um, bevor er weitersprach.

»Wenn er tot wäre, wäre das nicht nur für mich, sondern für das ganze Land ein schwerer Verlust.«

Seine Worte klangen sehr ernst und schienen aus dem Herzen zu kommen.

Ankana konnte ihre Ungeduld nicht mehr bezähmen. Sie beugte sich vor und verschränkte die Hände ineinander.

»Bitte, Majestät, sagen Sie uns, was geschehen ist!« bat sie den König.

Der König senkte die Stimme und antwortete:

»Ich bat Ihren Vater um Hilfe, als mir der Abt eines unserer berühmtesten Tempel in Chiang Mai meldete, daß einer der kostbarsten Schätze des Landes geraubt worden sei.«

Der Marquis hatte etwas Derartiges erwartet und nickte nur.

»Sie wissen ja«, fuhr der König fort, »daß wir in vielen unserer Tempel nicht nur Statuen Buddhas stehen haben, sondern auch sehr große Abbildungen seines Fußes.«

Wieder nickte der Marquis stumm.

Der Fuß Buddhas war in Siam wie auch die Statuen des Gottes mit kleinen Goldplättchen bedeckt.

Die Tempelbesucher brachten sie als Weihegabe mit – ähnlich wie die Beter in den katholischen Kirchen eine Kerze aufstellten und entzündeten.

»Ein Mönch, der dem Kloster von Chiang Mai angehörte«, sagte der König, »hatte einmal im Traum eine Vision, die ihm half, in einer unserer Edelsteinminen fünf sehr kostbare und außergewöhnlich große blaue Saphire zu finden.«

Er schwieg sekundenlang und fuhr dann fort:

»Er übergab sie dem Haupttempel von Chiang Mai, wo man mit ihnen die Fußnägel des Gottes Buddha zierte. Im Laufe der Zeit schrieb man ihnen wundersame Kräfte zu, und sie wurden das Ziel vieler Pilgerfahrten und Gegenstand größter Verehrung.«

Ankana hatte aufmerksam zugehört. Ihre Augen hingen an den Lippen des Königs, und der Marquis sah, wie ihr Mund zuckte, als der König seinen Bericht mit den Worten beendete:

»Diese fünf Heiligtümer wurden kürzlich geraubt.«

»Wie konnte das möglich sein?« fragte der Marquis.

Er wußte, daß Tempelschätze von so großer Bedeutung von den Mönchen Tag und Nacht bewacht wurden.

»Zwei Mönche wurden von Männern niedergestochen, denen es gelungen war, unauffällig in den Tempel einzudringen. Sie brachen die Saphire aus ihren Fassungen und verschwanden damit ungesehen.«

»Ereignete sich der Raub bei Nacht?«

»Nein, denn nachts wird der Tempel besonders scharf bewacht.«

Überrascht schaute der Marquis den König an, und dieser fuhr fort:

»Es geschah am frühen Morgen, kurz nachdem die Tempeltore geöffnet worden waren. Gewöhnlich warten zu dieser Stunde nur wenige Besucher auf Einlaß, und die Mönche sind dann noch nicht so wachsam wie später am Tag.«

»Was geschah, als der Raub entdeckt wurde?«

»Der Abt war klug genug, die Ereignisse vor den Bewohnern von Chiang Mai geheimzuhalten, und sandte unverzüglich einen vertrauenswürdigen Boten nach Bangkok, um mich von dem Geschehenen in Kenntnis zu setzen.«

Der König seufzte, bevor er fortfuhr:

»Es ist Ihnen bekannt, Mylord, daß es im Norden meines Landes in letzter Zeit des öfteren zu Spannungen kam und daß vor allem unsere Beziehungen zu Burma nicht die besten sind.«

Er machte eine Pause, schenkte dem Marquis ein Lächeln und fügte hinzu:

»Wenn die Menschen von Chiang Mai auf den Gedanken kämen, daß ihre Feinde wieder mit den alten Feindseligkeiten beginnen, könnte dies zu Unruhen führen. Mord und Totschlag wären die Folgen. Es könnte eine Katastrophe für unser ganzes Land bedeuten.«

»Ich stimme Eurer Majestät zu«, sagte der Marquis.

Er wußte, daß Chiang Mai Jahrzehnte hindurch eine Krisenregion gewesen war, bis es Ende des vergangenen Jahrhunderts als Teil Siams anerkannt worden war.

»Sobald ich von der Sache Kenntnis erhalten hatte«, berichtete der König weiter, »ließ ich Mister Brook rufen. Nachdem ich ihm unsere Zwangslage dargelegt hatte, erbot er sich, die fünf Heiligen Saphire zu suchen und nach Möglichkeit zurückzubringen.«

Der Marquis nickte wieder, als hätte er dies erwartet, und der König setzte seine Erzählung fort.

»In der Zwischenheit gab ich dem Abt von Chiang Mai Anweisung, sich so zu verhalten, als befänden sich die Saphire noch auf dem Fuße Buddhas.«

Der Marquis blickte ihn fragend an, und der König erklärte:

»Auf Grund der Heiligkeit, die man den Edelsteinen beimißt, bedeckten die Goldplättchen der Beter die kostbaren Saphire völlig. Die Leute nehmen natürlich an, daß sich die Heiligtümer noch in ihrem Schrein befinden, obwohl sie sie nicht sehen können.«

»Das war sehr klug von Eurer Majestät«, sagte der

Marquis. »Und Calvin Brook begann also mit der Suche nach den Steinen, mit der Sie ihn beauftragten …«

»Obwohl ich nichts von ihm hörte, war ich nicht besorgt«, erwiderte der König. »Dann jedoch, drei Wochen bevor ich meinem Botschafter in London die Nachricht telegraphierte, erhielt ich Bescheid, Mister Brooks Leichnam sei bei Chiang Mai im Fluß gefunden worden.«

Während er sprach, schaute der König Ankana beunruhigt an, als fürchtete er, sie könne in Tränen ausbrechen oder in Ohnmacht fallen.

Doch Ankana rührte sich nicht. Sie sah ihn nur aus großen Augen an. Seine Majestät fuhr fort:

»Der Leichnam hatte lange Zeit im Wasser gelegen. Die Gesichtszüge sollen kaum noch zu erkennen gewesen sein.«

Er atmete tief und sagte:

»Es gab Zeitungsberichte, die behaupteten, er wäre mit Hilfe seiner Fingerkuppen identifiziert worden. Am kleinen Finger trug er seinen Siegelring, den ich hier bei mir habe.«

Der König zog den Ring aus der Tasche seines bestickten Rockes und hielt ihn Ankana hin.

Sie erhob sich aus ihrem Sessel, kniete vor ihm nieder, und er reichte ihr das Schmuckstück.

Sie hielt es fest in der Hand und schloß dabei die Augen.

Sekundenlang fürchtete der Marquis, sie könne ohnmächtig werden.

Doch dann öffnete sie die Augen.

Weder der Marquis noch der König hatten etwas gesagt.

»Ich weiß nun mit absoluter Sicherheit, daß Papa lebt«, erklärte Ankana ruhig.

»Und woher wissen Sie das?« fragte der König.

Ankana blickte aus ihrer knienden Stellung heraus zu ihm auf.

»Aus zwei Gründen, Majestät«, erwiderte sie. »Zunächst einmal steckte Papa selbst den Ring an den Finger des Toten.«

Sie atmete tief ein.

»Und dann bin ich fest davon überzeugt, daß sich Papa in einer Verkleidung nach Chiang Mai auf den Weg gemacht hat. Er würde niemals so dumm gewesen sein, den Siegelring am Finger zu behalten, weil dieser ihn nämlich verraten hätte.«

Ankana sprach mit einem leisen Triumph in der Stimme. Der König sah sie staunend an.

Dann sagte er:

»Das leuchtet mir ein.« Er wandte sich dem Marquis zu. »Was halten Sie davon, Mylord?«

»Ich möchte Ankana in ihren Hoffnungen nicht unnötig bestärken«, antwortete der Marquis. »Aber ich bete, daß es mir gelingen wird, ihren Optimismus zu rechtfertigen und ihren Vater lebend wiederzufinden.«

Der König lächelte.

»Ich hoffte, daß Sie so reagieren würden. Sie müssen außerdem wissen, Mylord, daß Sie mit jeder nur möglichen Hilfe und Unterstützung von meiner Seite rechnen können. Sie brauchen es nur zu sagen.«

»Danke, Majestät. Ich verspreche Ihnen, alles zu tun, was in meinen Kräften steht, um Calvin Brook zu finden und die Heiligen Saphire zurückzubringen.«

Der König erhob sich, und der Marquis und Ankana folgten seinem Beispiel.

»Ich stehe tief in Ihrer Schuld«, sagte der König.

Er sprach ruhig, doch der Marquis war sich dessen bewußt, daß Chulalongkorn meinte, was er sagte.

Da es nichts mehr zu besprechen gab, knickste Ankana, und der Marquis verbeugte sich.

Der König ging auf die Tür des Audienzsaales zu, öffnete sie und verschwand.

Der Marquis blickte Ankana an, die den Siegelring ihres Vaters in der Hand hielt.

In ihren Augen war ein Ausdruck, der ihn seltsam berührte. Sie schien sich vom Anblick des Ringes nicht losreißen zu können.

Der Marquis sprach sie nicht an, er ließ sie in Ruhe. Doch dann eilte der Kammerherr in den Saal und sagte dienstbeflissen:

»Haben Eure Lordschaft nun den Wunsch, im Palast zu wohnen, oder möchten Sie auf die Yacht zurückkehren?«

»Ich glaube, unter den gegebenen Umständen ist es besser, wir kehren auf die Yacht zurück«, antwortete der Marquis. »Aber ich bin Seiner Majestät sehr dankbar für den großzügigen Erweis seiner Gastfreundschaft.«

»Selbstverständlich werden Sie es mich wissen lassen, falls Sie einen Wunsch haben«, fuhr der Kammerherr fort. »Seine Majestät hat Anweisung gegeben, daß Ihnen jeglicher Wunsch zu erfüllen ist.«

Der Kammerdiener verneigte sich vor dem Marquis und fügte hinzu:

»Diener stehen Ihnen jederzeit zur Verfügung, und

der Ankerplatz Ihrer Yacht wird Tag und Nacht von Posten bewacht.«

»Ich kann Ihnen nur immer wieder meinen Dank aussprechen.«

»Falls Sie mit Seiner Majestät zu dinieren wünschen, denke ich, daß sich dies arrangieren ließe.«

»Ich werde es mir überlegen«, erwiderte der Marquis. »Sie werden verstehen, daß wir eine lange Reise hinter uns haben. Miß Brook und ich sind von der unablässigen Wellenbewegung doch ein wenig erschöpft.«

Der Kammerdiener lächelte.

»Das verstehe ich sogar sehr gut, Mylord, da ich überhaupt keinen Wellengang vertrage. Nur auf dem ruhigen Wasser des Flusses werde ich von der Seekrankheit verschont.«

Beide lachten.

Dann begleitete sie ein Gehilfe des Höflings zur Yacht.

Auf diesem Weg sprachen der Marquis und Ankana kein Wort miteinander.

Erst als sie die Messe betraten, fragte Ankana heftig, als könne sie ihre Ungeduld nicht länger zügeln.

»Was werden Sie jetzt tun? Was haben Sie vor?«

Der Marquis ließ sich in einem Sessel nieder.

»Wir müssen zuerst sorgfältig überlegen.«

»Vor allem müssen wir schnell handeln!«

»Es ist immer ein Fehler, eine Sache ohne gründliche Planung zu beginnen«, beharrte der Marquis.

Er lächelte ihr zu, bevor er hinzufügte:

»Falls sich dein Vater, wie du annimmst, irgendwo versteckt hält, könnte es für ihn und für uns den Tod bedeuten, wenn wir seine Feinde durch ungeschicktes Vorgehen auf ihn und uns aufmerksam machen.«

Ein kurzes Schweigen folgte, ehe Ankana sagte:

»Sie haben recht. Ich bin in der Gefahr, den Kopf zu verlieren. Aber das ist nur, weil ich mir solche Sorgen um Papa mache.«

»Was glaubst du, was mit ihm geschehen ist?« fragte der Marquis.

Er hatte in einem Armsessel Platz genommen, und sie ließ sich zu seinen Füßen auf dem Teppich nieder.

Mit dem langen Haar, das ihr über die Schultern auf das einfache Musselinkleid fiel, sah sie so kindlich und jung aus, wie sie zu sein vorgab.

Der Marquis dachte, wie gefaßt sie war und wie erstaunlich gut sie sich in der Gewalt hatte.

Die meisten Frauen, die er kannte, würden in einer solchen Situation die Nerven verlieren und in Tränen ausbrechen.

Sie würden sich an ihn klammern und ihn anflehen, sie zu trösten. Sie würden in Schreikrämpfe verfallen und versuchen ihn davon abzuhalten, sich in Gefahr zu begeben. Sie würden bitten und betteln, daß er die schmutzige Arbeit einem anderen überließ.

Ankana sah ihn nicht an.

Ihre Augen wanderten zu einem der großen Fenster und blickten in den Sonnenschein hinaus.

Dennoch wirkte sie irgendwie abwesend. Ihre Aufmerksamkeit schien nach innen gerichtet.

Schließlich sagte sie mit leiser Stimme:

»Ich glaube, Papa hat gemerkt, daß er verfolgt wurde. Deshalb mußte er etwas tun, was seine Verfolger glauben machte, er lebe nicht mehr und stelle somit auch keine Gefahr mehr für sie dar.«

Sekundenlang schwieg sie, dann fuhr sie fort:

»Dann fand er die Leiche eines Mannes im Fluß, was in diesem Teil der Welt nichts Außergewöhnliches ist.«

Sie lächelte und sprach weiter, als würde das Geschehen vor ihrem inneren Auge ablaufen.

»Es wird für ihn nicht schwierig gewesen sein, dem Toten seine Kleidung anzuziehen und ihm den Siegelring an den Finger zu stecken.«

»Ja, genauso kann es gewesen sein«, sagte der Marquis ruhig. »Bist du der Meinung, daß dein Vater sich noch in Chiang Mai aufhält?«

»Da der Diebstahl der Steine schon vor geraumer Zeit stattfand, nehme ich nicht an, daß sich der Dieb noch in Chiang Mai befindet.«

»Auch in diesem Punkt bin ich deiner Meinung«, sagte der Marquis anerkennend. »Ich persönlich glaube, daß die Steine schon längst wieder nach dorthin unterwegs sind, woher sie stammen.«

Überrascht starrte Ankana ihn an, bevor sie fragte:

»Warum glauben Sie das?«

»Der Mönch, der die Steine fand, brachte sie nach Chiang Mai in das Kloster, in dem er lebte. Doch wenn ich mir vor Augen halte, wie wichtig für die Siamesen alles ist, was Buddha zugeschrieben und als Heiligtum verehrt wird, dann ...«

Er brach ab, schüttelte den Kopf und fuhr fort:

»Also, ich werde das Gefühl nicht los, daß die Leute von Chan Chantrabat, das, wie du weißt, das Zentrum des Edelsteingebietes von Siam ist, nicht besonders glücklich bei der Vorstellung sind, daß etwas so Kostbares wie die Heiligen Saphire ihr Land verlassen hat und anderswohin gebracht worden ist.«

Ankana schlug die Hände zusammen.

»Hervorragend«, rief sie, »ganz hervorragend. Das ist eine großartige Eingebung. Sie nehmen also nicht an, daß Burmesen die Steine gestohlen haben?«

Der Marquis schüttelte den Kopf.

»Nein. Viel wahrscheinlicher ist es, daß die Tat von Leuten ausgeführt wurde, die die Kontrolle über die Edelsteinminen ausüben und die daran interessiert sind, daß alle Funde in ihrem Besitz bleiben.«

Er schaute nachdenklich vor sich hin und fuhr fort:

»Ich könnte mir denken, daß sie erbost darüber sind, daß ein solch kostbarer Fund in einen Teil des Landes geschafft wurde, der erst seit dem Ende des letzten Jahrhunderts zu Siam gehört.«

»Ich bin sicher, daß Sie mit dieser Annahme recht haben!« Ankanas Stimme klang aufgeregt. »Aber wo, glauben Sie, werden wir Papa finden?«

»Obwohl ich nicht über deine hellseherischen Fähigkeiten verfüge«, erklärte der Marquis mit feinem Spott in der Stimme, »könnte ich mir vorstellen, daß er im Süden sucht und nicht im Norden.«

»Was also sollen wir tun?«

»Als erstes werde ich mit einer alten Freundin sprechen, die übrigens eine noch ältere Freundin deines Vaters ist.«

Er schwieg eine Weile und sagte dann:

»Es ist eine Lady, die uns beiden früher einmal sehr geholfen hat und die über fast alles Bescheid weiß, was in Bangkok und den anderen Teilen des Königreichs geschieht.«

»Das hört sich an, als könnte sie uns behilflich sein«, stimmte Ankana zu. »Wir können sie doch gleich aufsuchen.«

Der Marquis lächelte.

»Das ist ganz definitiv keine Frage des Plurals«, sagte er dann. »Nicht ›wir‹ also! Beebe muß ich alleine sprechen, und du wirst brav hierbleiben.«

»Das ist höchst unfair! Sie wissen, daß ich mit Ihnen gehen muß!«

Ankanas Stimme klang aufgebracht, und ihre kleine Faust schlug auf den Boden.

»Du hast mich schon so weit gebracht, daß ich dich zur Audienz beim König mitgenommen habe. Doch diesmal fürchte ich, wirst du es akzeptieren müssen, daß ich nicht bereit bin, dich mitzunehmen. Du bei Beebe – es wäre unmöglich!«

»Warum?« fragte Ankana mit einem feindseligen Ton in der Stimme.

»Weil ihr Haus in Bangkok ein Ort ist, in dem nur Männer Einlaß finden«, erwiderte der Marquis. »Ich denke, du bist intelligent genug einzusehen, daß es Stätten des Vergnügens gibt, die Frauen verschlossen sind.«

Er lächelte, bevor er hinzusetzte:

»Besonders für eine Frau, die zufällig eine Lady ist.«

Ankana sah ihn aus großen Augen an.

»Meinen Sie, es ist ein – verrufener Ort?«

Ankana brachte dies nur stockend hervor, und der Marquis sagte:

»Es handelt sich, wie ich schon sagte, um eine Vergnügungsstätte für Männer. Die einzigen Mädchen und Frauen, die es dort gibt, werden von Beebe den Männern gegen Bezahlung zur Verfügung gestellt. Und sie dulden ganz gewiß keine Konkurrenz.«

Der Marquis hatte seine Worte mit Bedacht gewählt, denn er wußte, wie wichtig es war, daß Ankana diesmal ihren Willen nicht durchsetzte und ihm folgte.

Beebe unterhielt einen Vergnügungspalast, wie man sie auch in Paris und anderen Großstädten Europas finden konnte.

Ankana ging zum Fenster. Nach einem Moment des Nachdenkens sagte sie:

»Ich habe von solchen Stätten gehört, doch ich kann nicht verstehen, daß jemand wie Sie oder – Papa den Wunsch hat, sie zu besuchen.«

»Wie ich schon sagte: Beebe ist eine einzigartige und geradezu unerschöpfliche Quelle von Informationen, die anderswo in der Stadt nirgends zu bekommen sind.«

Nach einer kurzen Pause erklärte er:

»Einmal, zum Beispiel, konnten wir mit ihrer Hilfe einen Mann entdecken und unschädlich machen, der es auf das Leben des Königs abgesehen hatte.«

»Sie meinen – er war ein Anarchist?« fragte Ankana mit einem erschreckten Klang in der Stimme.

»Er kam aus Europa, wo er überall von der Polizei gesucht wurde. Wir fanden ihn in Bangkok und waren an seiner Verhaftung beteiligt, bevor er seinen infamen Plan in die Tat umsetzen konnte. Er wurde dann nach Deutschland abgeschoben, wo man ihn wegen Mordes an einem Großherzog suchte und vor Gericht stellte.«

Ankana zog hörbar die Luft ein.

Dann sagte sie:

»Jetzt verstehe ich. Sie müssen mich wohl für sehr begriffsstutzig halten, weil ich zunächst nicht einsehen konnte, wie hilfreich solche Stätten bei einer Gefahr wie dieser sein können.«

»Es sind Stätten, von denen du gar keine Ahnung hättest, wenn du ein Leben führen würdest, wie du es führen solltest, wenn du dich also deines Daseins als Debütantin erfreuen würdest«, erwiderte der Marquis streng.

»Nun versuchen Sie aber nicht, mir mit aller Gewalt ein schlechtes Gewissen einzureden«, wehrte sich Ankana. »Es ist nur ... Ich mag den Gedanken nicht, daß – Papa oder Sie mit solchen Frauen in Berührung kommen.«

Die Worte überschlugen sich fast und brachen ganz spontan aus ihr hervor.

Sie sah so unschuldig und rein aus, als sie sprach, daß der Marquis den fast unwiderstehlichen Drang verspürte, sie in die Arme zu schließen.

Er hatte den Wunsch, ihr zu sagen, daß er sie beschützen würde. Nicht nur vor allen Gefahren, sondern auch vor allem Gemeinen und Unangenehmen, das sie beschmutzen oder verletzen könnte.

Als sie ihn anschaute und sich ihre Augen begegneten, sagte Ankana mit leiser, zögernder Stimme:

»Sie – passen doch auf sich auf?«

Sie wußte nicht, warum sie es sagte, doch der Marquis verstand, wie sie es meinte, und erwiderte:

»Ich werde nicht länger fortbleiben, als unbedingt

nötig. Wenn ich zurückkomme, habe ich vielleicht Neuigkeiten über deinen Vater.«

Sie verließ ihn und ging nach unten in ihre Kajüte.

Dort dachte sie an ihren Vater und daran, wie entscheidend es war, möglichst schnell Verbindung mit ihm aufnehmen zu können.

Sie dachte auch an den Marquis, und es wurde ihr bewußt, daß es sie quälte, wenn sie sich ihn in der Gesellschaft dieser Beebe und in ihrem Haus vorstellte.

Es gefiel ihr nicht, daß er mit Frauen zusammen war, die sündhafte Angebote machten und Männern Freuden versprachen, die in ihren, Ankanas, Augen sehr anrüchig waren.

Qual und Unruhe wuchsen in ihr, und sie spürte, daß in ihrer Brust ein scharfer Schmerz entstand, der immer stärker wurde.

Sie wußte, daß es nichts gab, was sie dagegen tun konnte. Vermutlich würde dieser Schmerz erst nachlassen, wenn der Marquis von Beebe wieder zurückgekehrt war.

Beebes Haus war kein Platz für Männer wie ihn, und bedrückt dachte Ankana, daß dort Dinge geschahen, wie sie die Bibel den Städten Sodom und Gomorrha zuschrieb.

Die schwüle Hitze auf dem Weg zum Palast und zurück hatte Ankana erschöpft. Sie war todmüde und beschloß, sich etwas hinzulegen.

Sie wollte nur ein wenig ruhen, aber sie hütete sich

davor einzuschlafen, weil sie die Rückkehr des Marquis nicht verpassen wollte.

Während sie an ihn dachte, wurde sie sich erneut der Tatsache bewußt, daß sich ihre Einstellung zu ihm deutlich geändert hatte.

Er war in den vergangenen Wochen, die sie zusammen auf See verbracht hatten, immer sehr freundlich zu ihr gewesen.

Wie interessant waren ihre Gespräche bei Tisch gewesen.

Obwohl sie es liebte, sich mit ihrem Vater zu unterhalten, mußte sie feststellen, daß der Verstand des Marquis völlig anders arbeitete.

Es war faszinierend gewesen, seine Auffassungen und Meinungen zu den Dingen zu hören, die wichtig für sie waren.

Bei den meisten Themen hatten sie entgegengesetzte Standpunkte eingenommen.

Sie diskutierten miteinander, ohne zu den gleichen Schlußfolgerungen zu gelangen. Doch beide genossen sie den Reiz und die geistige Anregung, die ihnen diese Art von Streitgesprächen gaben.

Wenn Ankana am Abend zu Bett ging, dachte sie sich neue Themen aus, über die sie am nächsten Tag mit dem Marquis reden wollte. Sie überlegte sich, wie sie ihn mit ihrem Wissen und ihren Kenntnissen in Erstaunen versetzen konnte.

Es war ihr auch unmöglich, die Tatsache zu übersehen, daß er ein sehr schöner und stattlicher Mann war.

Obwohl sie sich über seine Steifheit und seine materialistische Lebenseinstellung lustig gemacht hatte, übersah sie nicht, daß er ihr gegenüber von einem geradezu unheimlichen Einfühlungsvermögen war.

Immer wußte er, was sie dachte, und dies sogar dann, wenn sie versuchte, ihre Gedanken vor ihm zu verbergen.

Andererseits jedoch war er ein Mitglied jener gesellschaftlichen Welt, gegen die sie – vor allem nach ihrem Aufenthalt in London – einen instinktiven Widerwillen empfand.

Ein gravierender Grund für diesen Widerwillen bestand darin, daß Konvention und Anstandsregeln sie von ihrem Vater trennten.

Außerden hielt sie es für pure Zeitverschwendung, Leute einzuladen, die ihre Tante bedeutsam fand, einfach nur, weil sie einen Titel besaßen oder sehr vermögend waren.

Mit ihrem Vater als Ideal vor Augen, gab es für sie kein erstrebenswerteres Leben, als unbekannte Länder zu erforschen und die Welt kennenzulernen.

Sie verstand nicht, wie Frauen damit zufrieden sein konnten, nur über ihre Garderobe zu reden, und daß sie nichts anderes als schön sein wollten, schöner, als ihr Schöpfer sie geschaffen hatte.

Sie flirteten mit jedem Mann, der in ihre Nähe kam, gleichgültig, ob er verheiratet oder Junggeselle war, ob alt oder jung.

»Es ist eine solche Zeitvergeudung!« murmelte sie.

Was den Marquis betraf, konnte sie nach drei Wochen des Zusammenseins mit ihm verstehen, weshalb die Frauen ihn verfolgten.

Ihn eingefangen zu haben, wenn auch nur für eine

kurze Zeit, mußte ihnen ein Gefühl der Überlegenheit über diejenigen ihrer Geschlechtsgenossinnen geben, die er nicht beachtet hatte.

Sie begann langsam zu verstehen, weshalb sie ihn vorher so sehr verachtet hatte.

Seltsamerweise hatte sie aber auch zu Beginn ihrer Bekanntschaft nie außer acht gelassen, daß er ein Freund ihres Vaters war und dieser ihn immer geliebt und bewundert hatte.

Mochte der Marquis seine Zeit auch mit diesen hirnlosen Personen verbringen, eins stand fest für Ankana: er war sehr einflußreich und außergewöhnlich belesen.

Fest stand auch, daß er eine sehr beeindruckende und kraftvolle Persönlichkeit war, obwohl sie dies anfänglich nicht hatte zugeben wollen.

Aber auch wenn er keinen Titel und kein Vermögen besitzen würde, wäre er der Achtung und Bewunderung seiner Mitmenschen sicher.

Nun war er auf dem Weg zu einem Ort, der Männern seiner Gesellschaftsschicht die vielfältigsten Vergnügungen zu bieten hatte. Und sie war von alledem völlig ausgeschlossen.

Da sie immer ehrlich mit sich selbst war, wußte sie, daß sie seltsamerweise so etwas wie Eifersucht empfand.

Sie konnte sich vorstellen – obwohl sie nicht ganz sicher war –, daß Frauen wie Beebe ihm schöne Augen machen, sich an ihn schmiegen und die Arme um ihn schlingen würden.

Sie würden ihn mit einer Vertraulichkeit behandeln, wie es keine Lady in der Öffentlichkeit zu tun wagte.

Vielleicht küßten sie ihn sogar.

Der Gedanke an seinen festen, beinahe harten Mund, der eine schöne Siamesin oder Chinesin küßte, erweckte in Ankana so etwas wie Mordgier.

Ja, Mordgier!

Es gab kein anderes Wort für das, was sie in diesem Moment fühlte.

Sie verspürte plötzlich den Wunsch, jede Frau umzubringen, die das Interesse des Marquis erregte, nur weil sie eine Frau war.

»Was ist nur los mit mir, daß ich solche Gedanken in mir habe?« fragte sich Ankana.

Die Nacht kam. Dunkelheit erfüllte die Kajüte, die ab und zu nur unterbrochen wurde vom Licht der vorübergleitenden Boote, das durch die Bullaugen in den Raum fiel.

Sie stellte fest, daß es immer später wurde.

Und der Marquis war immer noch nicht zurück.

Plötzlich wurde sie sich dessen bewußt, daß sie ihn vermißte. Er fehlte ihr. Ihr ganzes Sein sehnte sich nach ihm, und sie versuchte mit der Kraft ihres Geistes, ihn zu erreichen und zurückzurufen.

Er durfte sie nicht länger warten lassen. Er mußte sie hören und ihrem Ruf folgen – denn sie liebte ihn.

5

Nachdem der Marquis Ankana verlassen hatte und an Land gegangen war, nahm er sich eine Mietkutsche.

Dem Fahrer gab er die Adresse, die diesem bestens

bekannt war. Denn schließlich wollten viele zu jenem Ort, der als die Besucherattraktion der siamesischen Hauptstadt galt.

Beebes Freudenhaus, das wußte der Marquis, hatte in der Welt kaum seinesgleichen. Nur in Paris gab es vielleicht ein Etablissement, das sich einer ähnlich großen Beliebtheit erfreute.

Und Beebe, die Frau, die diesen riesigen Vergnügungspalast leitete, war geradezu einmalig.

Als Kind einer siamesischen Mutter und eines französischen Vaters hatte sie eine kosmopolitische Erziehung erhalten und war durch zahlreiche Länder Europas gereist.

Dann kehrte sie nach Bangkok zurück und errichtete dort ein Bordell, das zwar in den Anfängen sehr klein war, sich jedoch von sämtlichen Einrichtungen, die es in der damaligen Zeit gab, deutlich unterschied.

Die Siamesen waren schon seit eh und je für ihre Kunstfertigkeit in der Massagetherapie bekannt.

Ältere Menschen kamen von weither in die Hauptstadt des Landes, um sich dort gegen ihre Krankheiten und Leiden behandeln zu lassen.

Beebe verwandelte die Kunst der Massage in eine raffinierte Quelle männlicher Sinnesfreuden.

Sie verband sie mit vielen anderen Formen sinnlicher Unterhaltung und verfügte inzwischen über eine Vielfalt des Angebots, die ein Mann nirgends sonst finden konnte.

Der Marquis hatte ihr Haus in der Vergangenheit mehrfach aufgesucht.

Als die Kutsche nun davor anhielt, dachte er, daß es

in der Zwischenzeit noch größer, luxuriöser und attraktiver geworden war.

Dabei verriet das Haus bereits nach außen hin einen überraschend guten Geschmack mit seiner großzügigen Architektur im Stil des Landes, die einem Fremden genau jenen exotischen Eindruck vermittelte, den er an einem solchen Ort erwartete.

Als er den Eingang erreicht hatte, gab ihm ein Türsteher zu verstehen, daß es für den Einlaß noch zu früh sei und er später wiederkommen solle.

Als der Marquis ihm erklärte, daß er gekommen sei, um der Besitzerin einen persönlichen Besuch zu machen, führte man ihn in einen kleinen, bequem ausgestatteten Salon.

Es war einer der sogenannten Empfangsräume, wo ein Gast mit einem der Mädchen die Gestaltung des Abends besprechen und seine speziellen Wünsche äußern konnte.

Es vergingen nur wenige Minuten, bis ein Diener erschien. Er trug eine aufwendige siamesische Uniform, die auch im königlichen Palast nicht fehl am Platz gewesen wäre. Er führte den Marquis in Beebes Privaträume.

Dort, so wußte es der Marquis, empfing die mächtige Frau nur persönliche Freunde.

Gentlemen, die lediglich auf Vergnügungen aus waren, hatten hier keinen Zutritt.

Als er eintrat, stieß Beebe, die immer noch elegant und hinreißend aussah, einen Entzückensschrei aus. Sie streckte ihm beide Hände entgegen und sagte:

»*Mon Cher*! Ich freue mich, Sie zu sehen!«

Beebe sprach viele Sprachen, doch obwohl ihr Englisch hervorragend war, fühlte sie sich mehr im Französischen zu Hause.

Da auch der Marquis die französische Sprache ausgezeichnet beherrschte, antwortete er ihr auf französisch.

»Ich bin sicher«, sagte er, »daß Sie mich bereits erwartet haben.«

Er wollte herausfinden, ob sie ihm etwas über Calvin Brook sagen konnte, und war nicht überrascht, als sie antwortete:

»Ist es wahr, daß Ihr Freund tot ist?«

»Sie haben also davon gehört?« rief der Marquis.

Beebe nickte und sagte:

»Ein Freund, der sehr verschwiegen ist, traf vor einigen Tagen aus Chiang Mai ein und erzählte mir, daß man dort davon spricht, Calvin Brook sei ertrunken. Es weiß allerdings niemand, ob dies wirklich stimmt.«

Der Marquis ließ sich in einem bequemen Sessel nieder.

»Das ist der Grund meines Besuches.«

»Ein kleiner Vogel verriet mir, daß der König Sie erwarten würde.«

Der Marquis lachte.

»Geschieht auch nur etwas in diesem Land, ohne daß Sie davon erfahren?«

»Ich hoffe nicht«, erwiderte Beebe. »Andererseits finden mich vornehme Herren wie Sie besonders nützlich.«

»Ich nehme an, die meisten ›vornehmen Herren‹, wie Sie sie nennen, haben andere Gründe für einen Besuch bei Ihnen«, sagte der Marquis mit einem spöttischen Unterton in der Stimme.

Beebe machte eine bezeichnende Handbewegung, die sehr französisch wirkte.

»*Oui, oui*! Doch obgleich sie mir willkommen sind, sind sie nur von geringer Bedeutung.«

Der Marquis wußte schon seit langem, daß Beebe zum siamesischen Geheimdienst gehörte, der für das Land von so vitaler Wichtigkeit war.

Nur mit Hilfe eines ausgezeichneten Agentennetzes hatte Siam seine nationale Eigenständigkeit behalten können, obwohl es viele Feinde hatte, die nur darauf warteten, das Land zu schlucken und sich einzuverleiben.

Die Bewährung der Eigenständigkeit war natürlich nicht ohne Opfer möglich gewesen.

Der König war gezwungen gewesen, hundertzwanzigtausend Quadratkilometer Grenzland abzutreten.

Aber angesichts der Tatsache, daß er seinem Volk auf diese Weise den Frieden und dem siamesischen Kernland im Menam-Chao-Phya-Becken die Unabhängigkeit erhalten konnte, war dies kein allzu hoher Preis gewesen.

Es gab eine Unterbrechung in der Unterhaltung, als ein Diener eintrat und ein Tablett mit Erfrischungen brachte.

Es gab eine Flasche französischen Champagner und ein, wie der Marquis wußte, köstliches Fruchtsaftgetränk, das er bevorzugte.

Beebe gab mit einem Wedeln der Hand zu verstehen, daß sie selbst keines dieser Getränke wollte. Als der Diener den Raum verlassen hatte und sie wieder allein waren, sagte der Marquis:

»Sie wissen, daß ich herkam, um Ihre Hilfe zu erbitten. Es gibt nämlich niemanden in Bangkok, der besser als Sie weiß, welche Katastrophe es wäre, wenn Calvin Brook tatsächlich ums Leben gekommen sein sollte.«

»Da stimme ich hundertprozentig mit Ihnen überein«, sagte Beebe. »Übrigens habe ich etwas für Sie, worüber Sie sich freuen werden.«

Sie erhob sich aus ihrem Sessel mit jener unnachahmlichen Anmut, die für eine Siamesin typisch ist.

Ihr Kleid umschloß den biegsamen Körper wie eine zweite Haut.

Während sie zum Schreibtisch ging, sagte sich der Marquis, wie hübsch und anziehend sie war, obwohl sie längst über fünfunddreißig sein mußte.

Wie bei allen siamesischen Frauen hatte die hohe Luftfeuchtigkeit, die in diesem Land herrschte, ihre Haut zart und faltenlos erhalten.

Beebe besaß eine kleine Nase, die charakteristisch für die Frauen dieses Landes war, und einen vollen, sinnlich geschwungenen Mund.

Von ihrem Vater hatte sie die großen dunklen Augen geerbt, in denen funkelnde Lichter tanzten, wenn sie sprach.

Es war ihr nicht möglich, einen Mann anzublicken, ohne mit ihm auf eine Weise zu flirten, die notwendigerweise gewisse Reaktionen in ihm hervorrief.

Sie nahm etwas von der Schreibtischplatte und kehrte zu ihrem Gast zurück.

Sie legte die Hände auf den Rücken und fragte:

»Was geben Sie mir, wenn ich Ihr Problem löse?«

»Was verlangen Sie?« stellte der Marquis die Gegenfrage. »Die Hälfte meines Vermögens?«

Beebe lachte kehlig.

»Was Sie betrifft, war ich nie sonderlich an Geld interessiert, *mon brave*.«

»Dann kennen Sie die Antwort auf Ihre Frage«, erwiderte der Marquis.

Sie schenkte ihm einen verführerischen Blick unter langen, seidigen Wimpern, doch dann reichte sie ihm ohne weitere Herausforderung, was sie in der Rechten hielt.

Zu seiner Überraschung sah er, daß es eine Ansichtskarte war.

Er nahm sie und betrachtete sie prüfend.

Es handelte sich um eine wohlfeile buntkolorierte Ansicht der königlichen Barkasse, die es überall in Siam zu kaufen gab.

Nach einem kurzen Blick drehte er die Karte um und stellte fest, daß sie an Lady Beebe adressiert und auf englisch geschrieben war. Der kurze Text lautete:

Erhole mich prächtig in Pattaya. Wünschte,
Du wärest hier. Bestell Ossy, wenn Du ihn siehst,
es gebe hier herrliche Stellen zum Angeln.

C'

Der Marquis atmete tief, dann fragte er:

»Wann haben Sie die Karte erhalten?«

»Vor etwa einer Woche.«

»Wie recht ich in der Annahme hatte, daß Sie mir helfen könnten!«

Während er sprach, schaute er auf die Karte. Er wagte kaum zu glauben, was er sah.

Obwohl die Handschrift verstellt war und die Buchstaben in Eile hingekritzelt waren, stand es für ihn fest, daß die Nachricht von Calvin Brook kam.

Und selbst wenn er Zweifel an der Echtheit der Handschrift gehabt hätte, die Botschaft an »Ossy« war eindeutig. Sie räumte den letzten Rest von Skepsis in ihm aus.

Der Grund dafür war einfach.

Als sie früher einmal zusammen in Beebes Haus gewesen waren, hatten die Mädchen sie nach ihren Namen gefragt.

Die Diskretion ihres Gewerbes verlangte es natürlich, daß sie die Vor- und nicht die Nachnamen ihrer Besucher meinten.

Als der Marquis, der damals noch nicht im Besitz seines Titels gewesen war, »Osmond« sagte, fanden die Mädchen, daß sie einen solchen Namen weder behalten noch aussprechen könnten.

»Wir sagen ›Ossy‹ zu Ihnen«, hatte eine von ihnen in gebrochenem Englisch gesagt. Und unter »Ossy« war er seitdem bekannt. Auch Beebe nannte ihn so, wenn sie ihn neckte.

»Wo liegt Pattaya?« fragte er laut.

»Pattaya ist ein kleines Fischerdorf. Es liegt an der Küste – ein Stück südöstlich von Bangkok.«

Der Marquis steckte die Ansichtskarte in die Tasche und sagte:

»Danke, Beebe. Sie wissen, wie dankbar ich Ihnen bin, wenn ich Calvin Brook finden sollte.«

»Ja, und der König auch«, sagte Beebe ruhig.

Sie setzte sich dicht neben ihn, nahm seine Hand in die ihre und sagte:

»Nun, da Sie einmal hier sind, möchte ich, daß Sie sich die Verbesserungen ansehen, die ich seit Ihrem letzten Besuch vorgenommen haben. Und ich möchte, daß Sie mit den Mädchen sprechen, die ich in der Zwischenzeit neu eingestellt habe.«

Sie lächelte ihn an und fuhr fort:

»Sie gelten als die schönsten und geschicktesten im ganzen Land.«

»Versteht sich das für Ihr Etablissement nicht von selbst?« fragte er. »Doch zuerst möchte ich, daß Sie mir von sich selbst erzählen.«

Er wußte, daß es unhöflich, ja taktlos gewesen wäre, sie sofort wieder zu verlassen, nachdem sie ihm geholfen und ihm genau den Hinweis gegeben hatte, den er suchte.

Er mußte ihr seine Wertschätzung und Dankbarkeit zeigen – als ihr Freund und auch als ihr Bewunderer.

Er war in der Tat beeindruckt von allem, was Beebe an Neuerungen eingeführt hatte in ihrem Haus, das nun den Namen »Palast der tausend Freuden« trug.

Da gab es warme Bäder, in denen ein Mann sich von den Anstrengungen des Tages erholen konnte, bedient von reizenden Mädchen, die wie Meerjungfern aussahen.

In den Massageräumen arbeiteten kleine Siamesinnen, die jeden Muskel und jeden Körperteil mit ihren geschmeidigen, sensiblen Fingern fachgerecht behandelten.

Zu dieser Behandlung gehörte es auch, daß sie sich auf den Rücken ihres Kunden stellten und sein Rückgrat mit den Zehen massierten.

In einem saalartigen Raum zeigten Tänzerinnen ihre exotischen, aufreizenden Tanzdarbietungen.

Sie trugen kostbar bestickte Gewänder aus den einzelnen Epochen der siamesischen Geschichte und wirkten wie Wesen aus einer anderen Welt.

Diese und zahlreiche andere Vergnügungen zeigte Beebe dem Marquis. Als sie ihn dann schließlich fragte, ob er den Wunsch habe, die Dienste ihrer Mädchen in Anspruch zu nehmen, erwiderte er:

»Ich würde mich lieber mit Ihnen unterhalten und erfahren, wie es Ihnen in der Vergangenheit ergangen ist.«

Sie verstand sofort, auf was er anspielte, und geleitete ihn zurück in ihren Privatsalon.

Während der Marquis ein Glas Champagner trank, berichtete sie über das Land, den König und dessen kühne und einschneidende Reformen, als wäre sie eine Politikerin.

Sie erzählte ihm, daß der König seine Söhne aus Europa zurückgerufen habe, um sie in bedeutende Regierungsämter einzusetzen.

Das Ziel dieser Maßnahmen sei die Erneuerung von Armee und Marine und die Einführung eines Justizministeriums gewesen, dessen erster Minister ein Sohn des Königs geworden war.

Der Marquis erfuhr, daß Chulalongkorn nach langen Jahren des Widerstandes und Protestes das erste Krankenhaus in Siriraj hatte eröffnen können.

»Das ist wirklich eine Neuerung«, rief der Marquis aus.

Beebe lachte.

»Das einfache Volk gibt natürlich der Kräuterbehandlung immer noch den Vorzug vor der Farang-Medizin. Und natürlich herrschte am Anfang ein großer Mangel an qualifizierten Ärzten.«

Der Marquis nickte.

»Das machte die Sache sicher sehr schwierig.«

»Ja, aber der König ließ sich nicht beirren«, fuhr Beebe fort. »Als er von seiner Europareise zurückkam, auf der er – wie er mir sagte – auch mit Ihnen zusammentraf, war er voller neuer Ideen und Pläne. Unter anderem errichtete er auf dem Gelände des Obstgartens den Dusit-Palast.«

»Und was geschieht in dem Palast?«

»Seine Majestät gibt dort Gesellschaften in vertrautem Kreis. Er veranstaltet Kostümbälle und betätigt sich persönlich als Küchenchef.«

Der Marquis warf den Kopf zurück und lachte schallend.

»Das ist allerdings höchst seltsam und in den Augen vieler Personen gewiß sehr tadelnswert für einen siamesischen König. Seine Vorfahren würden sich im Grab umdrehen, wenn sie es wüßten.«

»Nun ja, einige Leute sind schon ein wenig schokkiert«, gab Beebe ihm recht. »Doch da der Aufschwung im Land unverkennbar ist und es sogar den Bauern besser geht, findet die Kritik kaum Nahrung.«

»Er ist zweifellos ein großartiger Mann und seiner Zeit weit voraus«, sagte der Marquis anerkennend.

»Und da er die absolute Macht hat, wird er in Siam auch alle anderen Reformen durchsetzen, die das Land braucht. Wichtig ist nur, daß sich Siam aus allen Kriegshändeln herauszuhalten vermag und daß es seine Friedenspolitik konsequent weiterverfolgt.«

»Genau das ist es, was ich mir wünsche, und deshalb arbeite ich für den König und dieses Land«, erwiderte Beebe. »Denn nicht zuletzt ist das Schicksal Siams von großer Bedeutung für die ganze Welt.«

Beebe sprach mit einem Ernst, der – wie der Marquis wußte – die meisten Männer, die ihr Haus besuchten, sehr überrascht hätte. Selbst die höhergestellten und vornehmen unter ihnen ahnten nichts von dem erstaunlichen Doppelleben dieser außergewöhnlichen Frau.

Wie Calvin Brook vermutete auch der Marquis, daß sie dem König nicht nur politisch von größtem Nutzen war, sondern daß sie ihm auch menschlich nahestand. Eine Tatsache, die, wäre sie bekannt geworden, dem König in der Öffentlichkeit mit Gewißheit viel Kritik und Ablehnung eingebracht hätte.

Aber die beiden so unterschiedlichen Menschen waren verbunden durch ein gemeinsames Anliegen, und Beebe war dem König in seinen sozialen Bestrebungen und seiner Friedenspolitik eine große Hilfe.

Seine Majestät hielt ein wachsames Auge auf alle, die in der Vergangenheit versucht hatten, Unruhe zu stiften, und die dies – wie zu vermuten war – noch einmal zu wiederholen gedachten.

Und gleichzeitig fuhr er damit fort, die alten Restriktionen aufzuheben und die Irrtümer früherer Zeiten zu bekämpfen.

Er war entschlossen, an ihre Stelle eine fortschrittliche Politik zu setzen, die für das Überleben Siams unabdingbar war.

Den Bau der ersten Eisenbahnlinie und der ersten Telegraphenämter hatte er bereits vor sieben Jahren beginnen lassen.

Inzwischen hatte man deren Nützlichkeit erkannt, und die Menschen hatten ihren Widerstand gegen diese Neuerungen aufgegeben.

Aber weiteres mußte folgen. Es wäre gefährlich, auf dem einmal eingeschlagenen Weg plötzlich stehen zu bleiben.

Vor allem aber mußte das, was schon erreicht war, geschützt werden.

Geschützt vor allem vor den Nachbarländern und dem Ausland.

Agenten wie Beebe waren wichtig, wenn es an den Grenzen des Landes nicht zu unliebsamen Zwischenfällen kommen sollte.

Und tatsächlich gab es keine Verschwörungen und keine Umsturzbestrebungen gegen den Thron, ohne daß der König nicht rechtzeitig davon erfuhr.

Der Marquis genoß die Unterhaltung mit Beebe so sehr, daß er nicht bemerkte, wie rasch die Zeit verging. Es war bereits neun, als er sich schließlich erhob und zu seiner schönen Gastgeberin sagte:

»Ich muß zurück zum Schiff.«

»Wohnen Sie denn nicht im Palast?«

»Da ich wußte, daß ich Sie heute abend aufsuchen würde, mußte ich die liebenswürdige Einladung Seiner Majestät ablehnen.«

»Dann sind Sie doch frei. Weshalb wollen Sie also schon gehen?«

Auch Beebe hatte sich erhoben.

Sie war sehr klein, und ihr Scheitel reichte nicht einmal bis zu seiner Schulter.

Dennoch wirkte sie sehr reizvoll und verführerisch, als sie so dicht vor ihm stand und mit ihren ausdrucksvollen Augen zu ihm aufschaute.

»Ich würde gern bleiben«, sagte der Marquis, »doch wie Sie wahrscheinlich längst wissen werden, habe ich Calvin Brooks junge Tochter bei mir. Und sie wird schon auf mich warten.«

Er sah die Enttäuschung in Beebes Augen.

Als er sich dann über ihre Hand neigte, um sie zu küssen, fühlte er plötzlich Beebes Lippen auf seiner Wange.

»Sie, *mon cher*, sind der attraktivste und faszinierendste Mann, dem ich je begegnet bin«, sagte sie mit weicher Stimme.

Sie benutzte ein östliches Parfüm, das den Marquis an die Vergangenheit erinnerte.

Als er auf ihre Worte nichts erwiderte, jedoch zu zögern schien, sagte Beebe:

»Ich kenne den eigentlichen Grund dafür, daß Sie nicht bleiben wollen. Es drängt Sie, so schnell wie möglich nach Pattaya aufzubrechen, und ich sehe ein, daß die Pflicht vorzugehen hat.«

Sie sprach mit bewegter Stimme, und der Marquis küßte erneut ihre Hand, bevor er erwiderte:

»So ist es, Beebe. Doch wir sehen uns wieder. Und falls ich Calvin nicht finden sollte, was ich jedoch nicht hoffe, werde ich zurückkommen.«

Wieder küßte sie ihn auf die Wange, und er fühlte den sanften Druck ihrer weichen Lippen auf seine Haut.

Mit veränderter Stimme und in einem jähen Wechsel ihrer Stimmung, der für sie kennzeichnend war, sagte sie dann:

»Geben Sie auf sich acht! Die Mädchen im Süden sind sehr, sehr verführerisch. Ich wäre außerordentlich gekränkt, wenn es ihnen gelänge, Sie festzuhalten – was ich offensichtlich nicht vermag.«

»Alles, was Sie von Ihren Spitzeln in diesem Punkt gehört haben mögen, dürfte mit Sicherheit nicht der Wahrheit entsprechen.«

Der Marquis zwinkerte ihr zu, und Beebe meinte lächelnd:

»Kann etwas, was Sie und eine schöne Frau betrifft, jemals unwahr sein?« Sie lächelte. »Ist Calvins Tochter übrigens so attraktiv als Frau, wie er es als Mann ist?«

»Vielleicht kann man die beiden nicht miteinander vergleichen«, entgegnete der Marquis ausweichend. »Sie ist noch sehr jung, und Frauen werden zweifellos schöner, je älter sie werden.«

»Ich weiß Ihr Kompliment zu schätzen«, erwiderte Beebe. »*Au revoir, mon ami.*«

Sie ließ ihn durch eine Seitentür hinaus, so daß er nicht gesehen wurde.

Um das Haus herum herrschte nun reges Treiben. Der Marquis sah zahlreiche Männer, die dem Gebäude zustrebten, begierig nach den tausend Freuden, die Beebe ihnen verhieß.

Die Kutsche, in der er gekommen war, wartete noch auf ihn.

Er stieg ein, und während er zur Yacht zurückfuhr, dachte er, was für ein Glück er gehabt hatte, bei Beebe ein Lebenszeichen von Calvin vorzufinden.

Calvin war genauso hellsichtig wie seine Tochter. Er schien gewußt zu haben, daß der Marquis nach Bangkok kommen würde, um nach ihm zu suchen. Und weiter hatte er gewußt, daß er zweifellos zu Beebe gehen und nach ihm fragen würde.

Es war gegen halb zehn, als er die Gangway hinaufging.

Dobson wartete auf ihn.

Irgendwie vorwurfsvoll geleitete er ihn in seine Kajüte, wo sein Abendanzug für ihn bereitlag und das Bad bereits eingelassen war.

Der Marquis wartete, bis Dobson die Tür hinter sich geschlossen hatte, bevor er sagte:

»Suchen Sie den Captain, Dobson. Richten Sie ihm aus, daß er in spätestens einer Stunde die Anker lichten und die Yacht langsam und möglichst unauffällig flußabwärts steuern soll.«

Er blickte sich um, bevor er hinzufügte:

»Ich möchte nicht, daß es den Anschein hat, als handelte es sich um einen überstürzten Aufbruch. Es soll eher so aussehen, als suchten wir nur einen neuen Ankerplatz.«

»Ich verstehe, M'lord.«

»Sprechen Sie mit dem Captain, wenn er allein ist, und sorgen Sie dafür, daß niemand zuhört«, befahl der Marquis.

Nachdem Dobson gegangen war, begann er sich auszukleiden.

Er dachte, nach der Hitze des Tages würde ihm ein kühles Bad guttun – besser jedenfalls als alles, was Bebe ihm hätte bieten können.

Mit der Entwicklung der Dinge war er sehr zufrieden.

Wichtig war jetzt nur, daß ihrem Aufbruch nicht die kleinste Spur von Hektik und Eile anhaftete.

Nicht einmal die Stewards und die Matrosen durften den Eindruck gewinnen, daß er es in irgendeiner Weise eilig hatte.

Später, wenn sie erst einmal in ruhiger Fahrt den Fluß abwärtsglitten, würde es niemanden mehr geben, der sie nach dem Ziel oder dem Grund ihrer Standortänderung fragen konnte.

Als er schließlich nach oben ging und die Messe betrat, fand er Ankana bereits vor, die ihn mit Ungeduld erwartete. Er erkannte dies, sobald er nur einen Blick auf ihr Gesicht geworfen hatte.

Sie wirkte erregt und äußerst beunruhigt.

»Tut mir leid, daß ich so spät bin«, sagte er. »Ich bin sicher, du bist hungrig. Aber ich traf ein paar Freunde, und wir sprachen über alte Zeiten, so daß es schwierig war, einfach zu gehen.«

Er wußte, sie würde verstehen, daß er in Gegenwart der beiden Stewards nicht über ihren Vater sprechen konnte.

Einer der Männer brachte ihm einen Drink, und der andere kam mit dem ersten Gang und stellte ihn auf der Anrichte ab.

Der Marquis ging zu seinem Platz am Kopfende des Tisches.

»Du hast mir noch nicht gesagt, welchen Eindruck du vom Palast hattest«, sagte er in ruhigem Gesprächston. »Morgen muß ich dir unbedingt den Smaragdenen Buddha zeigen, der als eine der größten Sehenswürdigkeiten der Welt gilt.«

Ankana gab keine Antwort, und er fuhr fort, zu erzählen, daß der Smaragdene Buddha aus einem einzigen Jadestein gehauen war, was sie aber schon längst wußte.

Er war ein Gegenstand nationaler Verehrung, und riesige Wallfahrerströme ergossen sich in den Königlichen Tempel, um Buddha und seinen Lehren Respekt zu erweisen, sooft die heilige Stätte für die Öffentlichkeit zugänglich war.

»Ich nehme an, es ist dir bekannt, daß der Smaragdene Buddha nur fünfundsiebzig Zentimeter groß ist. Niemand kennt die genaue Herkunft der Statue. Aber einige Experten sind überzeugt, daß es sich um das Werk eines Künstlers aus dem Norden handelt und daß es im Jahre 1464 entstanden ist.«

Der Marquis redete und redete, während die Stewards sie bedienten.

Als erstes gab es einen Krabbencocktail

Ihm folgte ein siamesisches Fischgericht, das sonst nirgendwo auf der Welt zu bekommen war.

Die in China so beliebte süß-saure Soße, die dazu gereicht wurde, war köstlich.

Weitere Gänge folgten, einer ausgesuchter als der andere.

Erst als die Stewards den Raum verlassen hatten, brach es aus Ankana hervor:

»Haben Sie etwas herausgefunden? Ich muß es wissen!«

Der Marquis lächelte.

»Ich habe während des Essens gemerkt, wie neugierig du bist. Aber es ist von äußerster Wichtigkeit, daß nicht einmal die, die in meinen Diensten stehen und denen ich vertraue, auch nur die kleinste Ahnung davon bekommen, was ich entdeckt habe und wohin wir fahren.«

Er sah das Aufleuchten in Ankanas Augen, als sie ihn mit gedämpfter Stimme fragte:

»Was haben Sie entdeckt?«

Der Marquis holte die Ansichtskarte hervor, die Bebe ihm mitgegeben hatte, und reichte sie ihr.

Sie las langsam.

Dann sah er, daß sie am ganzen Körper vor Erregung zitterte. Als sie ihm das Gesicht zuwandte, sagte er:

»Du hattest recht, und ich bitte dich um Vergebung, weil ich dir nicht geglaubt habe.«

»Papa ist in Pattaya«, sagte sie fast unhörbar, aber glücklich.

Der Marquis dachte, daß sie klang wie ein kleiner Vogel, der sich mit einem leisen Lied in die Lüfte erhebt.

Er schwieg, und nach einem Moment fragte sie:

»Fahren wir hin?«

Während sie sprach, spürte der Marquis, daß ein Beben durch den Schiffsrumpf lief, denn die Maschinen sprangen an, und die Ankerkette wurde hochgezogen.

»Wir legen in diesem Augenblick ab«, sagte er. »Aber ich möchte, daß es so aussieht, als suchten wir nur für die Nacht einen ruhigeren Ankerplatz. Niemandem wird es bis zum Morgen auffallen, daß wir in Wirklichkeit Bangkok verlassen haben.«

»Halten Sie eine derartige Vorsicht für nötig?« murmelte Ankana.

Er wußte, es war mehr eine Feststellung als eine Frage.

»Ich brauche dir darauf nicht zu antworten. Du hast selbst gesagt, daß dein Vater in Gefahr ist. Wenn er die Saphire gefunden hat – wovon ich überzeugt bin –, wird es so sein, daß er sein Versteck ohne unsere Hilfe nicht verlassen kann.«

Er spürte die Anspannung in Ankana, fuhr jedoch fort:

»Wir müssen den Eindruck erwecken, als wären wir ganz normale Besucher des Landes, die eine Zeitlang in Pattaya bleiben, um dann nach Osten weiterzufahren.«

Er verstummte nachdenklich und sprach dann weiter:

»Ich würde sagen, Hongkong würde sich sehr gut als unser nächstes Reiseziel machen.«

Ankana atmete tief.

»Ich verstehe.«

Sie blickte auf die Karte, betrachtete sie sekundenlang und gab sie dem Marquis zurück.

In diesem Moment waren vor der Tür die Schritte der Stewards zu hören, die den Tisch abräumen wollten. Der Marquis ließ die Karte schnell in seiner Tasche verschwinden.

Dabei sagte er:

»Gehen wir an Deck. Der Fluß ist so schön bei Nacht

mit dem Widerschein der vielen Lichter auf dem Wasser.«

Sie stellten sich an die Reling und betrachteten die Häuser auf Pfählen, an denen sie vorbeiglitten.

Ihre Lichter schimmerten auf dem Wasser, und die eigenartige Vegetation, die man überall im Menam findet, wurde von der Schiffsschraube der Sea Horse in unruhige Bewegung versetzt.

Plötzlich sagte Ankana, die auf den Marquis den Eindruck machte, als beobachtete sie gebannt das Geschehen auf dem Fluß:

»Ist sie sehr schön?«

Im ersten Augenblick wußte der Marquis nicht, wen sie meinte.

Aber dann war es ihm klar. Dabei stellte er bei Ankana ein Interesse fest, daß er sich trotz seiner großen Erfahrungen mit Frauen nicht erklären konnte.

»Ich vermute, du sprichst von Beebe«, erwiderte er. »Und ich bin mir sicher, daß du genauso dankbar bist wie ich. Die Antwort auf deine Frage lautet ›ja‹, obwohl das richtigere Wort ›faszinierend‹ wäre.«

Er sprach eher zu sich selbst als zu Ankana.

Er dachte, wie ungewöhnlich es war, eine Frau mit soviel Geist und Witz in einem jahrtausende alten Gewerbe anzutreffen, zu dessen Ausübung es mehr der körperlichen als der intellektuellen Fähigkeiten bedurfte.

»Sie ist eine halbe Französin«, fuhr er fort. »Und soviel ich weiß, war ihr Vater ein junger Diplomat.«

Er machte eine Pause und sprach dann weiter.

»Er ließ ihre Mutter mit wenig Geld oder sogar ohne

finanzielle Mittel im Stich, und Beebe war gezwungen, sich ihren Weg im Leben selber zu suchen.«

»Wenn sie so tüchtig ist, wie Sie sagen, warum muß sie dann ein Haus führen, das den Namen ›Palast der tausend Freuden‹ trägt?«

»Ja, so nennt man es jetzt: ›Palast der tausend Freuden‹«, sagte der Marquis mit einem amüsierten Beiklang in der Stimme. »Der Palast ist einmalig in Bangkok, und Beebe ist die Art von Frau, die in jedem Land mit offenen Armen aufgenommen würde.«

»Weil ... weil sie so – attraktiv ist?« wollte Ankana wissen.

»Nein, nein, natürlich nicht. Attraktive und schöne Frauen gibt es überall auf der Welt. Aber Beebe besitzt einen ungewöhnlich scharfen Verstand und eine erstaunliche Begabung zur Geheimagentin.«

Einen Moment lang schwieg er, dann fügte er hinzu:

»Und diese Begabung kommt sowohl deinem Vater als auch dem Land Siam zugute.«

Ankana sagte nichts, aber sie trat näher an die Reling.

Sie lehnte sich vor und starrte mit, wie es dem Marquis erschien, blicklosen Augen zu dem hellerleuchteten Tempel hinüber, an dem sie soeben vorbeifuhren.

Sekunden später passierten sie einen Schlepper, der fünf hoch mit Gemüse beladene Lastkähne zog.

Der Marquis war noch immer mit den Informationen beschäftigt, die er von Beebe erhalten hatte.

Er war deshalb überrascht, als Ankana ihn mit fremder Stimme und fast ein wenig gehetzt fragte:

»Wo waren Sie so – lange? Haben Sie noch weitere

wichtige Dinge von ihr erfahren, oder sind Sie geblieben, weil es Ihnen bei ihr so gut gefiel?«

Der Marquis wandte den Kopf und schaute sie an.

Und während er noch überlegte, weshalb sie ihm eine solche Frage stellte, anstatt mit ihm über ihren Vater zu sprechen und darüber nachzudenken, wie sie ihn retten konnten, fuhr sie zornig fort:

»Wie können Sie sich nur so erniedrigen und Stunden mit einer solchen Frau verbringen? Wie können Sie sich dem Genuß von – tausend Freuden hingeben, wenn Sie einzig und allein an Papas Rettung denken sollten!«

Ihre Augen funkelten wild, als sie fortfuhr:

»Ich hatte recht. Sie sind – schrecklich. Und ich hasse Sie.«

Sie schleuderte ihm die Worte regelrecht entgegen.

Während sich der Marquis vor Fassungslosigkeit nicht rühren konnte, rannte sie davon. Sie verschwand durch die Tür, durch die sie gekommen waren, und er hörte, wie sie den Niedergang hinunterlief.

Zunächst vermochte er nicht zu erkennen, was sie so aufgeregt hatte.

Wie konnte sie, nachdem er ihr die Karte ihres Vaters gezeigt hatte, noch an etwas anderes denken als daran?

Doch dann hatte er die Erklärung. Wie ein Blitz tauchte sie in ihm auf, obwohl sie ihm sehr erstaunlich vorkam.

Schließlich war dies nicht die erste Szene, die eine Frau ihm gemacht hatte.

Das, was er soeben erlebt hatte, war die typische Reaktion einer Frau, die ihn liebte und die sich von ihm zurückgesetzt und verraten fühlte.

Ankana war eifersüchtig auf Beebe.

Er war überzeugt, daß sie die Bedeutung des Wortes »Liebe« überhaupt nicht kannte und daß sie so unschuldig war, wie sie ihm erschien.

Ankana war nun drei Wochen allein mit ihm auf dem Schiff gewesen, und sie glaubte, sich in dieser Zeit eine Art absoluten Anspruch auf ihn erworben zu haben.

Daß seine Aufmerksamkeit sich nun auf eine andere Frau richtete, nahm sie ihm übel. Und irgendwie konnte er das sogar verstehen.

Vor allem, wenn er bedachte, daß sie in der Zeit ihres Zusammenseins so etwas wie eine verschworene Gemeinschaft gewesen waren, die nur ein Ziel kannte: die Rettung ihres Vaters.

Dennoch, so sagte er sich, hatte sie keinen Grund, die Beherrschung zu verlieren und sich so aufzuregen.

Der Marquis überlegte, ob er zu ihr gehen und mit ihr reden sollte.

Er hatte das Bedürfnis, sie zu beruhigen, ihr zu versichern, daß ihn im Augenblick kein anderer Gedanke beschäftigte als der, ihren Vater zu finden und ihn aus seiner Notlage zu befreien.

Er wollte ihr klarmachen, daß sie ihm unrecht tat, wenn sie glaubte, er hätte seinen Aufenthalt im Palast der tausend Freuden zu etwas anderem benutzt als zu einem sehr nützlichen und informativen Gespräch mit Beebe.

Aber dann sagte er sich, daß sie vielleicht ausfallend werden könnte, und es gab nichts, was er mehr haßte als eine Szene.

Er fand es außerdem absurd, sich vor einem Kind rechtfertigen zu müssen, das sich ihm, wenn man ehrlich sein wollte, regelrecht aufgedrängt hatte.

Sobald er Calvin Brook gefunden hatte, würde er sowieso wieder aus ihrem Leben verschwinden. Und damit hatte es sich dann.

Ende! Aus, vorbei!

Die Yacht beschleunigte nun ihr Tempo, denn inzwischen hatten sie sich weit genug vom Palast entfernt.

Der Marquis ertappte sich bei dem Gedanken, wie seltsam es war, daß Ankana, die während der ganzen Reise so beherrscht und ruhig gewesen war, plötzlich die Nerven verlor und zu einem Zeitpunkt hysterisch wurde, als er am wenigsten damit rechnete.

Er hatte zwar Verständnis dafür, daß sie aufgeregt und voller Anspannung auf eine eventuelle Nachricht gewartet hatte, die er von Beebe mitbrachte.

Doch während der drei Wochen auf der Sea Horse hatte sie sich so wunderbar unter Kontrolle gehabt, und er hatte sie dafür bewundert.

Es erschien ihm nun unfaßbar, daß sie ausgerechnet jetzt, wo es keinerlei Anlaß dazu gab, in einer solchen Verfassung sein sollte.

Er fühlte sich in der Meinung bestätigt, daß keine Lady je etwas über Freudenhäuser oder Frauen wie Beebe erfahren sollte.

Und falls sie durch einen unglücklichen Zufall doch einmal davon erfuhr, sollte man versuchen, eine möglichst harmlose Erklärung für solche Frauen und ihr Gewerbe zu finden.

Oder man stellte sich unwissend und tat so, als wüßte

man nicht, wovon die Rede sei oder weshalb Männer sich für Vergnügen solcher Art interessierten.

»Der ganze Ärger kommt nur davon«, brummte er vor sich hin, »daß ich junge Mädchen nicht verstehe und auch nicht verstehen will.«

Seine Gedanken schweiften ab zu den Frauen, deren Gunst er in London genossen hatte.

Wenn er ehrlich war, mußte er sich eingestehen, daß es keine unter ihnen gab, die ihn zu diesem Zeitpunkt nicht schon tödlich gelangweilt hätte, wäre sie an Ankanas Stelle mit ihm gereist.

Sie hätten über nichts anderes geredet, als über sich selbst – und natürlich über ihn und seine Beziehung zu ihnen.

Ganz gewiß hätten die faszinierenden Streitgespräche über Gott und die Welt, wie er sie mit Ankana Abend für Abend geführt hatte, mit ihnen nie stattgefunden.

Er mußte sich eingestehen, daß es während dieser Reise durch das Mittelmeer, das Rote Meer und durch den Golf von Siam keine einzige Minute der Langeweile für ihn gegeben hatte.

Mehr noch: sein Verstand war so aktiv und lebendig gewesen wie schon lange nicht mehr.

Es erschien lächerlich, und dennoch entsprach es der Wahrheit: Noch nie hatte es überhaupt einen Menschen gegeben, der ihn so zum Denken und zu intellektuellen Leistungen angespornt hatte wie dieses junge Mädchen.

Sie hatte ihn gezwungen, Schlußfolgerungen zu ziehen und Einsichten zu akzeptieren, die ihm bis dahin fremd gewesen waren.

Es war so, und bis zu diesem Augenblick hatte er sie noch nie für agressiv, unsachlich oder unlogisch gehalten, was die meisten Frauen, die er kannte, bis zur Unerträglichkeit waren.

»Ich vermute, sie ist übermüdet«, sagte er sich. »Und phantasiebegabt, wie sie ist, mag sie Beebe für die reinste Teufelin halten.«

Ankanas Bild von einem Freudenhaus entsprach vielleicht den grotesken Vorstellungen, denen Hogarth in seinen Karrikaturen Ausdruck verlieh.

Er fragte sich, wie er sich einbilden könne, die Gedankengänge eines jungen Mädchens nachvollziehen zu können.

Im Grunde liefen all seine Überlegungen und Rätseleien auf eins hinaus:

Er hätte Ankana nicht mitnehmen dürfen.

Und wenn er an diesem Abend seinen Verstand beieinandergehabt hätte, wäre er zu Beebe gegangen, ohne Ankana etwas davon zu sagen.

Aber da hatte ihm die Gewöhnung der letzten Wochen eben einen bösen Streich gespielt: Er hatte mit ihr geredet und diskutiert, als sei sie ein Mann und keine Frau.

Jetzt bezog er die Quittung für seine Fehleinschätzung. Sie war eben nicht nur sehr intelligent, sondern auch sehr, sehr jung und verwundbar.

Die Erkenntnis, daß er in einem Haus gewesen war, das die Engländer mit dem Begriff »Bordell« bezeichnen, und daß er sich dort in Gesellschaft einer »Hure« aufgehalten hatte, wie die Bibel solche Frauen nennt, beunruhigte Ankana zweifellos stärker als ein normales

Mädchen ihres Alters, das von all diesen Dingen keine Ahnung hatte.

»Es war so dumm von mir, ihr die Wahrheit zu sagen«, murmelte der Marquis. »Warum habe ich nicht von einem Club oder etwas Ähnlichem gesprochen?«

Wieder hatte er das Bedürfnis, ihr zu erklären, daß an diesem Abend nichts vorgefallen war, was sie beunruhigen könnte.

Da er sich ablenken wollte, ging er auf die Brücke hinauf.

Er traf den Kapitän am Steuer an.

Zwei Matrosen, die ebenfalls auf der Brücke waren, bedeutete er mit einer Handbewegung, den Raum zu verlassen. Erst als sie allein waren, sagte er:

»Nun, da wir aus der Gefahrenzone heraus sind, möchte ich, daß Sie mit Volldampf voraus nach Pattaya fahren, Captain. Mit etwas Glück sollten wir morgen in aller Frühe dort sein.«

Der Kapitän zeigte auf eine Karte, die im Brückenhaus auslag.

Der Marquis suchte Pattaya mit dem Zeigefinger. Der Name war sehr klein angegeben, ein Zeichen, wie unbedeutend das Fischerdorf war.

Chantaburi dagegen, das Zentrum des Edelsteinbezirks, war deutlich zu erkennen. Es lag etwas weiter als Pattaya die Küste abwärts.

Doch es bestand keine Notwendigkeit, weiter als bis Pattaya zu fahren.

Der Marquis war sicher, daß Calvin Brook sich mit ihnen in Verbindung setzen würde, sobald sie dort gelandet waren.

Eine halbe Stunde blieb er auf der Brücke, ehe er beschloß, zu Bett zu gehen.

Er wollte am nächsten Tag früh aufstehen, um die Ankunft der Yacht in Pattaya nicht zu versäumen.

Zumindest haben wir keine Zeit verloren, sagte er sich mit einem Gefühl des Stolzes.

Zuerst haben wir die Rekordleistung von London nach Bangkok vollbracht. Und nun, einen Tag nach der Ankunft, besitze ich bereits einen klaren Hinweis auf Calvins Aufenthaltsort.

Sein Lächeln war ein wenig selbstgefällig.

Kein anderer hätte das so schnell geschafft!

Während er nach unten ging, dachte er zufrieden, daß der Kapitän genau verstanden hatte, worauf es ihm, dem Marquis, ankam. Das wichtigste war, daß sie niemandem auffielen und jedermann sie für normale Weltenbummler hielt.

Die Lichter in der Messe waren gelöscht.

Nur die vorgeschriebenen Positionslampen an Deck brannten.

Die Yacht würde auf ihrer Fahrt flußabwärts keinerlei Verdacht erregen.

So weit, so gut! dachte der Marquis, während er den Gang zu seiner Kajüte entlangging.

Als er an der Kajüte vorbeikam, in der Ankana wohnte, glaubte er, ein seltsames Geräusch zu vernehmen.

Er blieb stehen und lauschte. Erstaunt stellte er fest, daß Ankana weinte.

Er zögerte, bis er aus einem plötzlichen Impuls heraus an die Tür klopfte.

Augenblicklich verstummten die Laute, die er gehört hatte.

Da Ankana auf sein Klopfen nicht antwortete, trat er ein.

Neben ihrem Bett brannte eine kleine Lampe, die gedämpftes Licht verbreitete.

Die Vorhänge, die von der Kajütendecke herunterhingen und neben den Bettseiten den Boden berührten, bewirkten, daß Ankanas Gesicht im Schatten lag.

Mit leiser, erschreckter Stimme fragte sie:

»Was ... was wünschen Sie?«

Der Marquis schloß die Tür hinter sich.

Er näherte sich dem Bett und schob den Vorhang ein wenig zur Seite.

Ankana rührte sich nicht, und er wußte, sie wollte nicht, daß er ihre Tränen sah.

Er setzte sich zu ihr auf die Bettkante und schaute sie an. Dann sagte er ruhig:

»Ich wollte dir nur sagen, daß wir jetzt so schnell wie möglich in Richtung Pattaya fahren. Ich nehme an, morgen sind wir dort. Vielleicht schon sehr früh am Morgen.«

Ankana gab keine Antwort, und er hatte den Eindruck, daß sie nicht imstande war, auch nur ein Wort hervorzubringen.

Mit freundlicher Stimme fragte er:

»Was hat dich so sehr aus der Fassung gebracht?«

Bei diesen Worten streckte er die Hand aus und bedeckte damit ihre Rechte, die auf dem Seidenlaken lag.

»Du bist bis jetzt so tapfer gewesen«, fuhr er fort.

»Ich bin sicher, dein Vater wäre enttäuscht, wenn du ausgerechnet jetzt – gewissermaßen im letzten Moment – zusammenbrichst.«

Er spürte, wie sich ihre Hand unter der seinen verkrampfte, aber ließ sie nicht los.

Erst nach einer Weile sagte sie mit leiser, kindlicher Stimme:

»Es ... es tut mir leid, daß ich so heftig war.«

»Das ist verständlich«, erwiderte der Marquis. » Du mußtest zu lange auf meine Rückkehr warten.«

Er lächelte sie an, bevor er fortfuhr:

»Ich kann mir vorstellen, wie quälend es für dich war, im Ungewissen zu sein. Du wolltest einfach endlich wissen, ob ich etwas über das Versteck deines Vaters erfahren hatte oder ob wir unsere Suche nach ihm ohne jeden Anhaltspunkt beginnen mußten.«

Der freundliche Klang seiner Stimme schien ihr gutzutun, denn sie drehte die Handfläche nach oben, und ihre Finger schlossen sich um die seinen.

»Ich bin sicher – jetzt werden wir Papa ganz bestimmt finden.«

»Ich glaube, die Götter sind auf unserer Seite«, antwortete der Marquis. »Als du mir eben davonliefst, dachte ich, was für ein Glück wir hatten, so schnell in Bangkok einzutreffen.«

Er machte eine Pause und fuhr fort:

»Dann fanden wir die Ansichtskarte, von der dein Vater annahm, daß ich sie bekommen würde, wenn ich an der richtigen Stelle danach fragen würde.«

»Ich hätte nicht so ... so töricht sein sollen«, sagte Ankana zerknirscht.

»Wie ich schon sagte, deine Reaktion war verständlich«, erwiderte der Marquis. »Und wenn dich der Gedanke aufregt, laß mich dir sagen, daß ich keine einzige der Freuden genossen habe, die in dem besagten Haus angeboten werden.«

Er schwieg, lächelte und setzte dann hinzu:

»Statt dessen hatte ich ein sehr ernstes Gespräch mit der Besitzerin.«

Ohne daß sie etwas auf seine Worte erwiderte, wußte er, daß Ankana erleichtert war.

Und da er merkte, daß sie sich endlich wieder beruhigt hatte, sagte er:

»So, und nun möchte ich, daß du schläfst. Dein Vater soll sich über seine Tochter freuen, wenn er dich sieht. Also sorge dafür, daß du schläfst und so schön und glücklich wie immer aussiehst. Nicht wie eine traurige junge Frau mit dunklen Schatten unter den Augen und einer roten Nase.«

»Meine Nase ist nicht rot«, wehrte sich Ankana.

Der Marquis lachte.

»Nein, das ist sie wirklich nicht. Es ist eine hübsche und sehr attraktive kleine Nase.«

Er machte eine Pause und sagte dann:

»So, nun werde ich zu Bett gehen, denn ich bin sehr müde. Und ich möchte nicht, daß ich durch seltsame Laute, die aus dieser Kajüte kommen, daran gehindert werde einzuschlafen.«

»Ich war ja so töricht. Es tut mir sehr, sehr leid.«

»Du warst nur ein wenig unberechenbar«, antwortete der Marquis. »Aber das gehört nun einmal zu einer Frau. Gute Nacht, Ankana.«

Er beugte sich über sie, um ihre Wange zu küssen. Aber in diesem Moment hatte sie den Kopf gehoben, und so berührte er unbeabsichtigt mit seinem Mund den ihren.

Einen Augenblick lang schien die Sanftheit und Unschuld ihrer Lippen ihn regelrecht zu betäuben.

Hastig richtete er sich auf und sagte:

»Nun schlaf gut. Vielleicht ist dein Vater morgen abend schon bei uns.«

Er ging zur Tür, öffnete sie und ging, ohne sich noch einmal umzudrehen, hinaus.

Erst als er in seiner Kajüte stand, wurde ihm bewußt, daß er immer noch Ankanas Lippen auf den seinen spürte.

Und auf eine nie gekannte Weise formte sich in seinem Inneren die Gewißheit, daß dieser Kuß anders gewesen war als alle Küsse, die er jemals in seinem Leben gegeben oder empfangen hatte.

6

Ankana erwachte sehr früh, obwohl sie lange keinen Schlaf gefunden und stundenlang wachgelegen hatte, nachdem der Marquis gegangen war.

Der Gedanke an seinen Kuß hatte sie nicht losgelassen. Immer noch spürte sie die Berührung seiner Lippen auf den ihren.

Da sie noch nie von einem Mann geküßt worden war, aber wußte, daß sie den Marquis liebte, war sein Kuß eine Erfahrung, die wie in gewaltigen Wellen durch ihren Körper lief.

Sie war sich im klaren darüber: Auch wenn er sie niemals mehr berührte, die Gefühle, die er in ihr wachgerufen hatte, würde sie bis an ihr Lebensende nicht mehr vergessen können.

Er hatte sie in einen Zustand der Ekstase versetzt, den sie nie für möglich gehalten hätte.

Sie hatte sich immer danach gesehnt und gleichzeitig immer gefürchtet, dies nie zu erleben. Vor allem nicht mit einem Mann wie dem Marquis.

»Wie habe ich ihn nur jemals hassen können?« fragte sie sich.

Sie gab zu, daß er sie vom ersten Augenblick an fasziniert und angezogen hatte. Das heißt, von dem Augenblick an, als er aufgehört hatte, zornig darüber zu sein, daß sie sich in sein Leben gedrängt hatte.

Von da an behandelte er sie wie seinen Gast, wie jemanden, mit dem es Freude macht, sich zu unterhalten und zu diskutieren.

Nie hätte sie geglaubt, daß außer ihrem Vater noch ein anderer Mann sie als gleichberechtigte Partnerin behandeln würde.

Vor allem hatte sie es nicht für möglich gehalten, daß es einen Mann geben könnte, der so kenntnisreich und zugleich so erregend war wie er.

Sie wußte, sie hatte ihn verachtet, ja gehaßt wegen des Lebens, das er in London führte. Sie verabscheute es, wie er seine Zeit und seine Fähigkeiten vergeudete.

Nun war er alles das, was ein Mann für sie nur sein konnte.

Er war stark, selbstbewußt und achtunggebietend. Und gleichzeitig war er sanft, verständnisvoll und vor allem sehr, sehr aufregend als Mann.

Sie war sich im klaren darüber, daß der Kuß ihm nichts bedeutet hatte.

Was dagegen sie selbst betraf, wußte sie, daß dieser Kuß ihr einen neuen Horizont eröffnet hatte, eine neue Welt der Wunder, von deren Existenz sie nie etwas geahnt hatte.

Zum erstenmal war ihr bewußt geworden, daß sie eine Frau war. Eine Frau, allein mit einem gutaussehenden und faszinierenden Mann.

»Weshalb habe ich das nicht früher bemerkt?« fragte sie sich.

Verzweifelt dachte sie, daß ihre gemeinsame Reise dem Ende zuging.

Sobald sie ihren Vater gefunden hatten, würde der Marquis zweifellos nach England zurückkehren.

Es blieb ihm gar nichts anderes übrig.

Die Pflicht wartete auf ihn – und natürlich sein eigentliches Leben.

Ankana war vernünftig genug einzusehen, daß er die Reise nach Siam nur unternommen hatte, weil er vor Antritt seiner Erbschaft mit ihrem Vater durch den fernen Osten gezogen war und weil er Chulalongkorn die Bitte um Hilfe nicht hatte abschlagen können.

Aber all dies gehörte der Vergangenheit an.

Sowie der Marquis ihren Vater in Sicherheit gebracht hatte, würde er verschwinden wie der Morgennebel über dem Meer. Es war ungewiß, ob sie ihn jemals wiedersehen würde.

«Ich liebe ihn …«, flüsterte sie.

Weil es unmöglich war, Schlaf zu finden, stand sie auf, zog die Vorhänge zurück und schaute aus dem Bullauge der Kajüte.

Sie waren in die Bucht von Pattaya eingelaufen. So leise, daß sie es nicht bemerkt hatte.

Vor sich sah sie einen sanft geschwungenen, weiß schimmernden Sandstrand, der von schäumenden Wellen umspült wurde. Dahinter erhoben sich hohe Palmen und blühende Buschgruppen.

Der Anblick war so schön, daß Ankana sich nicht davon losreißen konnte und glaubte, ein Paradies vor sich zu sehen.

Eilig begann sie sich anzukleiden, entschlossen, mehr von diesem Platz zu sehen, der zu wundervoll aussah, als daß dort eine Gefahr hätte lauern können.

Auch der Marquis hatte lange wach gelegen.

Er stand deshalb nicht so früh auf, wie er es vorgehabt hatte, um dabei zuzuschauen, wie die Sea Horse in die Bucht von Pattaya einlief.

Er blieb im Bett liegen und schaute durch eins der Bullaugen nach draußen. Aber sein Blick fiel nicht auf den Strand, sondern auf eine kleine Insel, umrahmt vom dunkleren Blau eines Korallenriffs und inmitten einer sich im Licht der Morgensonne spiegelnden Wasserfläche.

Auch für ihn war dieser Anblick überwältigend. Aber da es noch sehr früh war, blieb er liegen.

Seine Gedanken wanderten zu Calvin Brook. Er fragte sich, ob Ankana jetzt, wo sie ihrem Vater sehr nahe war, Verbindung mit ihm aufnehmen könne.

Trotz seiner Zweifel und Bedenken hatte sie ihn davon überzeugt, daß derartige Dinge möglich waren.

Dobson erschien zur üblichen Zeit, um ihn zu wekken.

Der Marquis kleidete sich an und ging zum Frühstück in die Eignermesse.

Er wirkte sehr smart in den weißen Hosen und dem blauen Segeljackett mit den wappenverzierten Goldknöpfen.

Als der Steward mit dem Kaffee kam, fragte der Marquis:

»Ich sehe, es ist nur für eine Person gedeckt. Frühstückt Miß Ankana in ihrer Kajüte?«

»Miß Ankana ist an Land gegangen, M'lord.«

»An Land?«

»Ja, M'lord. Sie verlangte vor einiger Zeit nach dem Boot, um sich zum Strand rudern zu lassen.«

Der Marquis trank hastig einen Schluck von seinem Kaffee und sprang auf.

Der Steward, der seine Absicht sofort erkannt hatte, beeilte sich, ihm die Segelmütze zu reichen.

Der Marquis setzte sie auf und griff mit einer entschlossenen Handbewegung nach einem der Revolver, die hinter dem Sofa bereit lagen.

Er lud ihn und steckte ihn in die Tasche.

Zwei Matrosen ruderten ihn an Land. Er sprang aus dem Boot, sobald es seinen Bug in den weißen Sand schob.

Er kletterte über ein paar niedrige Felsen und stieg mit federnden Schritten den flachen Hang hinauf.

Rechts von ihm gab es hohe Klippen, die das südliche Ende der Bucht bildeten.

Von der Karte wußte er, daß sich die Küste von da ab in einem langen Bogen bis nach Chantaburi und zu den Edelsteinminen erstreckte.

Er dachte, daß der König wahrscheinlich recht hatte, wenn er annahm, daß die Diebe – wer immer sie auch sein mochten – aus diesem Teil des Landes kamen.

Sicher war man allerdings nie.

Nur in einem Punkt war sich der Marquis sicher: Es war falsch gewesen, daß Ankana ohne ihn an Land gegangen war.

Er verstand jedoch, daß der Anblick von der Yacht aus sie entzückt hatte.

Dies hier war wirklich ein unberührtes paradiesisches Fleckchen Erde.

Und sie war natürlich ungeduldig. Sie konnte es nicht erwarten, ihren Vater wiederzusehen.

Am anderen Ende der Bucht lagen eine Anzahl kleiner Fischerboote vor Anker. Dahinter, am Ufer, gab es ein paar verstreute Hütten.

Keine Szene hätte friedlicher und ruhiger wirken können.

Doch der Marquis fühlte eine seltsame Unruhe in sich aufsteigen.

Als er den Hang hinaufgeklettert war, spähte er geradeaus.

Vor sich erblickte er einen kleinen Hügel, der mit Bäumen bestanden war.

Als er genauer hinschaute, stellte er fest, daß die Bäume von einem schlanken Turm überragt wurden, der zu einem Buddhatempel gehören mußte.

Vielleicht war dies der Ort, den er suchte!

Normalerweise hätte er ein solches Gebäude als unwichtig abgetan. Doch in diesem Moment reagierte er anders.

Während er den Turm betrachtete, der hell in der Sonne glänzte, hatte er das eigenartige Gefühl, auf unerklärliche Weise von ihm angezogen zu werden.

Sekundenlang zögerte der Marquis.

Es war unwahrscheinlich, daß Ankana bei der Suche nach ihrem Vater zunächst diesen einsamen Tempel in Augenschein nehmen würde.

Schließlich mußte sie ihn in Pattaya vermuten und nicht in der weiteren Umgebung des Ortes.

Erneut wurden seine Blicke von der schlanken Turmspitze, die sich golden gegen den blauen Himmel abhob, angezogen. Unwillkürlich setzte er sich in Richtung des Tempels in Bewegung.

Es war ein rauher Weg den Berg hinauf.

Doch der Marquis verfügte über einen sportgestählten Körper und genoß die Anstrengung.

Er wußte, das war etwas, das er dringend brauchte, nachdem er auf der Sea Horse so lange zur Untätigkeit gezwungen gewesen war.

Er hatte zwar täglich viele Runden auf dem Schiffsdeck gedreht und in seiner Kajüte regelmäßig Gymnastik betrieben, doch das war nicht dasselbe wie dieser steile Anstieg den Berg hinauf, bei dem seine Muskeln einmal wieder richtig beansprucht wurden.

Die Sonne war warm, aber noch nicht zu heiß. Vögel sangen in den Bäumen, und einige von ihnen waren ungewöhnlich schön und farbenprächtig.

Der Duft der Blumen und Nadelbäume vermischte sich mit der frischen, salzhaltigen Seeluft, und der Marquis hätte jeden Augenblick dieses Morgens genossen, wenn er sich nicht solche Sorgen um Ankana gemacht hätte.

Wohin war sie gegangen?

Es sah so aus, als sei sie tatsächlich davon überzeugt gewesen, ihren Vater auf eigene Faust finden zu können.

Ein törichter und zugleich gefährlicher Einfall!

Der Marquis hatte die Spitze des Berges fast erreicht, als er durch eine Lücke zwischen den Bäumen den Tempel vor sich liegen sah.

Er war klein und schon sehr alt. Der Marquis vermutete, daß er nur von den Arbeitern und Fischern der Umgebung besucht wurde.

Die wenigen Reisenden, die hierherkamen, schenkten ihm gewiß keine Beachtung. Der schmale Weg, der inzwischen in einen engen Pfad übergegangen war, schien dafür zu sprechen.

Das Dach des Tempels, nach zwei Seiten offen, bedurfte dringend einer Reparatur, und auch die Farbe an dem kleinen Gebäude blätterte überall ab.

Der Ort schien menschenleer zu sein. Der Marquis verhielt den Schritt.

Er dachte eben daran umzukehren, als im Inneren des Tempels ein ohrenbetäubender Lärm zu hören war.

Im nächsten Augenblick rannte der Marquis los.

Wie der Marquis, so hatte auch Ankana den Tempel ausgemacht, nachdem sie den sanften Hang hinter dem Strand hinaufgewandert war.

Von dem Augenblick an, da sie die Yacht verlassen hatte, hatte sie ihre Gedanken nach ihrem Vater ausgesandt.

Wenn sie zurückblickte, sah sie das Schiff hinter den Palmen, deren Blätter von einer leichten Brise bewegt wurden.

Nachdem sie ein Stück weitergegangen war, ragte vor ihr steil und unerwartet ein Berg auf.

Auch sie erspähte die Turmspitze über den Nadelbäumen, und sie verspürte den Wunsch, dem Tempel einen Besuch abzustatten, um dort zu beten.

Ihr Vater hatte sie früh gelehrt, daß es das Gebet ist, das die Menschen mit dem Göttlichen verbindet.

Es war unwichtig, wo man betete, in welchem Glauben oder zu welchem Gott.

Und da Ankana den Sinn seiner Worte begriffen hatte, hatte sie sich überall niedergekniet, in Moscheen und Kathedralen, in Tempeln und Kapellen.

Und Ankana hatte dabei die Erfahrung gemacht, daß es ihr nicht nur möglich war, sich mit Hilfe ihres Geistes mit ihrem Vater in Verbindung zu setzen, sondern auf die gleiche Weise auch mit Gott.

Diese Fähigkeit benutzte sie vor allem dann, wenn sie in Gefahr war oder Hilfe brauchte.

Während sie nun den Berg hinaufstieg, konzentrierte sie sich mit ihrem ganzen Sein auf ihren Vater.

Gleichzeitig bat sie den Himmel um Hilfe.

Sie erreichte den Tempel und sah, daß er sehr armselig und halb verfallen war.

Sechs Stufen führten ins Innere.

Davor stand ein Tisch mit kleinen Goldplättchen, die zum Kauf feilgeboten wurden.

Sie waren, zusammen mit je zwei Räucherstäbchen, in weißes Papier eingewickelt.

Es war noch früh am Morgen, und niemand befand sich in der Nähe des Tisches.

Ankana fand eine kleine Münze in der Tasche ihres Kleides.

Sie legte sie auf den Tisch und nahm eine der Weihegaben aus der Vase, in der sie steckten. Sie stieg die knarrenden Holzstufen hinauf und betrat den Tempel.

Die grobgearbeitete Buddhafigur, die im Lotussitz auf einem Sockel saß, kam ihr sehr alt vor.

Sie war fast überall mit Goldplättchen bedeckt.

Vor der Statue befand sich die Abbildung eines Fußes. Auch er war mit Weihegaben bedeckt, und eins der Goldplättchen funkelte in der Sonne, die durch eine Rundbogentür im rückwärtigen Teil des Tempels ins Innere fiel.

Zuerst glaubte Ankana, sie wäre allein.

Dann sah sie in einer Ecke des Tempels einen Mönch in der orangefarbenen Kutte seines Ordens.

Er kniete auf dem Boden, das kahlgeschorene Haupt wie zum Gebet geneigt, so daß sein Gesicht nicht zu sehen war.

Ankana streifte ihn nur mit einem flüchtigen Blick und legte das Goldplättchen vorsichtig auf dem Fuß des Buddha nieder.

Es war nicht ganz einfach, denn es gab kaum noch eine Stelle, die nicht mit einem Plättchen bedeckt war.

Dann entzündete sie die zwei Räucherstäbchen und steckte sie in einen mit Sand gefüllten flachen Holzkasten, der vor der Statue stand. Sie benutzte dazu eine Kerze, die bereits brannte.

Sie legte die Handflächen zur vorgeschriebenen Gebetshaltung zusammen, trat einen Schritt zur Seite und hob den Blick zum Gesicht der Buddhastatue.

Sie betete mit großer Inbrunst für ihren Vater und seine Rettung.

Ihre Augen waren geschlossen, und so bemerkte sie die beiden Männer nicht, die durch den Hintereingang den Tempel betreten hatten.

Sie hörte zwar das Geräusch ihrer Schritte, doch ihr Bewußtsein nahm sie nicht wahr.

Dann drang der Schrei eines Mannes an ihr Ohr.

Sie öffnete erschreckt die Augen und sah zu ihrer Überraschung einen kleinen Mann, der mit wild rudernden Armen rückwärts taumelte.

Der betende Mönch mußte ihm einen Hieb versetzt haben.

Während der Getroffene immer noch rückwärts taumelte, sich jedoch vor einem Sturz bewahren konnte, griff sein Begleiter den Mönch an. Der Angreifer war kleiner als er, dafür jedoch jünger und offensichtlich ein geübter Faustkämpfer.

Der Mönch setzte sich gegen ihn zur Wehr, und bald waren die beiden in einen wilden Faustkampf verwikkelt.

Es gelang Ankana, einen Blick auf das Gesicht des

Mönchs zu werfen, der sich so entschlossen seiner Haut wehrte.

Ein erstickter Schrei entrang sich ihr. Es war ihr Vater.

In panischem Entsetzen sah sie, daß der Mann, der ihren Vater zuerst angegriffen hatte, einen Dolch unter seiner Kleidung hervorzog.

Im nächsten Moment ging er zum Angriff über.

Er riß den Dolch hoch, um ihn Calvin Brook in den Rücken zu stoßen.

Ankana handelte geistesgegenwärtig und in Sekundenschnelle.

Sie ergriff den Kasten mit den Kerzen und Räucherstäbchen, hob ihn hoch über den Kopf und schleuderte ihn mit aller Kraft gegen den Mann mit dem Messer.

Die Überrumpelung gelang. Der Kasten prallte gegen die Brust des Mannes und riß ihn von den Füßen. Sand spritzte ihm ins Gesicht und in die Augen und machte ihn blind.

Ankana nutzte seine Hilflosigkeit und sprang auf ihn zu, um ihm den Dolch zu entreißen.

Doch es gelang ihm, wieder auf die Beine zu kommen und sein Handgelenk dem Zugriff Ankanas zu entwinden. Im nächsten Augenblick lag sein freier Arm um ihren Hals. Er preßte sie fest an sich.

Ankana stieß einen schrillen Schmerzensschrei aus. Panische Angst überfiel sie.

In diesem Augenblick stürmte der Marquis in den Tempel.

Er erkannte sofort die Situation und zog den Revolver aus der Tasche.

Er legte auf den Mann an, der mit Calvin Brook kämpfte und schoß ihm ins Bein.

Beim Knall des Schusses hob der Mann, der Ankana umklammert hielt und der immer noch halbblind war von dem feinen Sand, seinen Dolch.

Der Marquis handelte blitzschnell.

Mit der Sicherheit eines geübten Sportschützen jagte er dem Messerhelden eine Kugel in die Schulter.

Der Getroffene schrie gellend auf. Er ließ den Dolch fallen und gab Ankana frei. Mit einer Hand an der blutenden Schulter brach er zusammen.

Ankana rannte auf ihren Vater zu.

Sie schlang die Arme um seinen Hals.

»Papa, o Papa!« rief sie. »Bist du es wirklich?«

Calvin Brook zog sie an sich, während er den Marquis ansah.

»Danke, Osmond«, sagte er. »Ich wußte, daß du in letzter Minute auftauchen würdest.«

»Hallo Calvin«, erwiderte der Marquis ruhig. »Ich bin sehr froh, daß wir dich noch rechtzeitig gefunden haben. Was machen wir nun mit diesem Abschaum?«

Voller Verachtung blickte er auf die beiden Männer, die blutend am Boden lagen.

»Kümmern wir uns nicht um sie«, entgegnete Calvin Brook scharf. »Machen wir, daß wir so schnell wie möglich von hier verschwinden.«

Er schob Ankana zur Seite und trat auf den Fuß des Buddhas zu.

Ankana dachte, daß dies genau die Stelle gewesen sein mußte, wo die beiden Männer gestanden hatten, bevor ihr Vater sie angegriffen hatte.

Sie sah, wie er auf die fünf Zehen niederblickte, die über und über mit Goldplättchen bedeckt waren.

Dann nahm er von jedem Zeh einen Stein, und Ankana wußte, ohne daß er ein Wort sprach, daß dies die fünf blauen Saphire waren, die er gesucht hatte.

Er ließ sie unter seinem Mönchsgewand verschwinden.

Dann bedeutete er Ankana und dem Marquis mit einem Kopfnicken, ihm zu folgen.

Er führte sie durch die Rundbogentür in der Rückwand des Tempels nach draußen. Vermutlich war es der Eingang, durch den die beiden Männer hereingekommen waren.

Auch hier gab es sechs hölzerne Stufen wie beim Eingang auf der anderen Seite.

Ein Pfad wand sich zwischen den Bäumen und Büschen hindurch. Stellenweise war er so schmal, daß sie im Gänsemarsch hintereinander gehen mußten.

Der Pfad führte steil nach unten. Es dauerte einige Zeit, bis sie am Fuß des Berges angelangt waren.

Sie befanden sich nun unterhalb der Klippen, die die Bucht begrenzten.

Calvin Brook ging immer noch voraus und zeigte ihnen den Weg.

Er sagte kein Wort, und als hätte er es ihnen befohlen, folgten ihm Ankana und der Marquis schweigend.

Calvin Brook bewegte sich rasch. Und sobald sie den Strand erreicht hatten, begann er zu laufen.

Er hielt auf das Boot zu, das, von zwei Matrosen bewacht, auf dem Sand lag.

Als die beiden Männer die drei Gestalten zwischen

den Klippen auftauchen sahen, schoben sie das Boot ins Wasser.

Nur das Heck war noch auf dem Strand, damit die Passagiere trockenen Fußes einsteigen konnten.

Dann stießen die Matrosen das Boot ganz ins Wasser, nahmen die Ruder und ruderten zur Sea Horse zurück.

Erst als sie über den Baumkronen die Turmspitze des Tempels aufragen sahen, sagte Ankana zu ihrem Vater:

»Ich wußte, daß du noch lebst.«

»Das dachte ich mir«, antwortete er schlicht.

Sie legten bei der Yacht an. Erst als sie an Bord waren und die Messe betreten hatten, sagte der Marquis:

»Ich muß schon sagen, Calvin, es ist gar nicht so einfach, dich in dieser Maskerade zu erkennen.«

»Na, Gott sei Dank«, erwiderte Calvin Brook. »Zum Glück erging es allen anderen auch so.«

»Ich hielt dich tatsächlich für einen Mönch, als ich den Tempel betrat«, sagte Ankana.

»Das schlimme ist, daß ich eingeschlafen war und erst aufwachte, als die beiden Schläger schon in den Tempel eingedrungen waren. Ich stellte entsetzt fest, daß sie vor mir standen.«

»Und Ankana mittendrin!« Die Stimme des Marquis hatte einen tadelnden Klang. »Mein Gott, ich darf nicht daran denken, was ihr hätte zustoßen können! Stell dir vor, sie schlich von Bord, ohne mir ein Wort davon zu sagen. Ich habe Höllenqualen ausgestanden, weil ich annehmen mußte, daß sie in Gefahr war.«

Ankana warf ihm einen hastigen Blick zu. Sie fürchtete, er könne ernsthaft böse auf sie sein.

Dann sagte sie zaghaft:

»Es ... es tut mir leid. Ich wollte doch nur an Land, weil alles so friedlich aussah. Und dann hatte ich plötzlich den Wunsch, im Tempel für Papa ein Gebet zu sprechen.«

»Dein Gebet wurde offensichtlich erhört«, sagte Calvin Brook. »Und auch meine Gebete fanden Erhörung. Osmond erhielt meine Ansichtskarte und wußte sofort, wo ich mich versteckt hielt.«

»Es war sehr weise von dir, die Karte an Beebe zu schicken«, sagte der Marquis.

»Ich wußte, daß der König dich rufen lassen würde, nachdem er die Nachricht von meinem Tod erhalten hatte.«

Calvin Brook nickte und setzte hinzu:

»Jedenfalls habe ich ziemlich sicher damit gerechnet. Ich hatte nur die Befürchtung, es könnte unter deiner Würde sein, Seiner Majestät einen Gefallen zu erweisen.«

In Calvin Brooks Augen blitzte der Schalk, und in seiner Stimme klang fast unmerklich ein Lachen mit.

»Du solltest mich eigentlich besser kennen«, erwiderte der Marquis. »Ich hatte allerdings nicht die Absicht, Ankana mitzubringen. Sie schmuggelte sich als blinder Passagier an Bord, und ich entdeckte sie erst, als wir den Golf von Biskaya hinter uns hatten.«

Calvin Brook lachte.

Ankana blickte nervös zum Marquis hinüber.

Sie fragte sich, wie seine Antwort ausfallen mochte, doch die Stewards betraten in diesem Moment die Messe.

Sie trugen das Frühstück auf, und es gab keine Gelegenheit mehr zu sprechen.

Calvin Brook verschlang enorme Mengen.

Er sagte, daß er seit Tagen kaum noch etwas zu essen gehabt habe und seit vierundzwanzig Stunden völlig ohne Nahrung gewesen sei.

Nach dem Frühstück verlangte er ein Bad und lieh sich vom Marquis ein paar Kleidungsstücke.

Er spannte die beiden ganz schön auf die Folter, denn Ankana sowie der Marquis brannten darauf, die Geschichte von der Wiederbeschaffung der Heiligen Saphire zu erfahren.

Inzwischen hatte der Marquis Anweisung gegeben, daß die Sea Horse unverzüglich die Rückfahrt nach Bangkok antrete.

Nachdem ihr Vater ins Bad gegangen und Ankana mit dem Marquis allein war, fragte sie überraschend kleinlaut:

»Sind Sie mir noch – böse?«

»Böse ist nicht das richtige Wort«, entgegnete der Marquis. »Ich habe mir schreckliche Sorgen um dich gemacht. Du hättest tot sein können, wenn ich dich nicht rechtzeitig gefunden hätte.«

»Ich fürchte, die Wahrheit ist, daß Sie vermutlich froh wären, von der Last befreit zu sein, die ich für Sie darstelle«, erwiderte Ankana vergnügt.

»Darauf werde ich dir ein andermal antworten«, sagte der Marquis. »Im Augenblick willst du das ja sowieso nicht wissen. Du brennst bestimmt genau wie ich darauf, endlich die ausführliche Geschichte von den Abenteuern deines Vaters zu hören.«

Er machte eine Pause, ehe er hinzufügte:

»Ich bin sicher, du möchtest auch gern wissen,

warum er gezwungen war, sich als buddhistischer Mönch zu verkleiden, nicht wahr?«

Ankana ließ ein amüsiertes Lachen hören, bevor sie sagte:

»Sie haben ihm ihre Kleider geliehen, aber ich nehme an, etwas so Zweckmäßiges wie eine Perücke haben Sie nicht an Bord. Er wird bestimmt verboten aussehen, bis seine Haare wieder nachgewachsen sind.«

»Ich schätze, einige Zeit wird es schon dauern. Doch das wird ihn wenig stören, denn große gesellschaftliche Einladungen dürfte er für die nächste Zeit wohl kaum erwarten.«

Sie gingen aufs Deck hinaus und blickten zur Küste hinüber, an der sie auf dem Weg nach Bangkok vorbeifuhren.

Dabei spürten sie eine ständig wachsende Ungeduld. Sie wollten endlich wissen, was Calvin Brook ihnen zu berichten hatte.

Schließlich erschien er in der Tür des Niedergangs, winkte und gesellte sich zu ihnen. Er trug den Segelanzug des Marquis, der ihm, zumindest in den Schultern, ein gutes Stück zu weit war.

Dennoch sah er nun wieder wie ein englischer Gentleman aus, mit Ausnahme des kahlgeschorenen Kopfes natürlich.

Sie setzten sich unter das Sonnensegel, das sie nicht nur vor dem Wind, sondern auch vor ungebetenen Zuhörern schützte. Dann sagte der Marquis:

»Wir haben nicht vor, dich mit Fragen zu überhäufen, Calvin. Erzähl uns deine Geschichte einfach von Anfang an und laß nichts aus von dem, was geschehen ist!«

»Ich nehme an«, begann Calvin Brook, »der König hat euch erzählt, daß ich gerade in Bangkok weilte, um mich von einer sehr anstrengenden und gefährlichen Reise durch Kambodscha zu erholen – aber das ist eine andere Geschichte.«

Er unterbrach seine Erzählung einen Moment und fuhr dann fort:

»Für Seine Majestät und mich stand fest, daß es von ungeheurer Wichtigkeit war, die Saphire zu finden und wieder an ihren angestammten Platz zurückzubringen.«

»Ich bin sicher, daß Seine Majestät die Bedeutung der Steine für die Menschen von Chiang Mai nicht überschätzt hat«, bemerkte der Marquis.

»Nein, in der Tat nicht. Und wenn der Verdacht entstanden wäre, ein Burmese sei der Dieb gewesen, hätte es an den Grenzen zu ernsten Zwischenfällen kommen können.«

Calvin Brook hielt inne, nickte nachdenklich und sprach dann weiter.

»Diese Zwischenfälle hätten sich sehr leicht zu kriegerischen Auseinandersetzungen ausweiten können, in denen gewiß viele Menschen auf beiden Seiten den Tod gefunden hätten.«

Er blickte langsam vom Marquis zu Ankana und fuhr fort:

»Aber ich war fast sicher, daß die Diebe nicht aus Burma, sondern aus Kambodscha kamen.«

Er senkte die Stimme, bevor er sagte:

»Die Kambodschaner können es einfach nicht verwinden, daß ihnen bei der Landverteilung nicht die Edelsteinregion zugesprochen wurde. Alle Nachbarn

Siams haben ein Stück Land erhalten, nur die Kambodschaner gingen leer aus. Dabei hatten sie es schon immer auf die Edelsteinminen abgesehen.«

»Das kann ich verstehen«, sagte der Marquis ruhig.

Calvin Brook fuhr fort:

»Mit dem Besitz der Heiligen Saphire wäre es ihnen mit Leichtigkeit gelungen, so etwas wie einen Heiligen Krieg anzufangen ...«

Er brach plötzlich ab und schüttelte den Kopf.

»Was sage ich! Heiliger Krieg!« rief er dann. »Ein blutiger Guerillakampf wäre es geworden, in dem zahllose Unschuldige ihr Leben verloren hätten.«

»Aber woher wußtest du, daß die Saphire hier sein würden?« fragte Ankana, weil sie ihre Neugierde nicht länger bezähmen konnte.

»Zunächst muß ich euch erzählen, was in Chiang Mai geschah«, erwiderte ihr Vater. »Dank der entschlossenen Unterstützung des Königs war ich drei Tage nach dem Raub bereits dort.«

Er schaute Ankana lächelnd an.

»Ich machte die Feststellung, daß der Abt des Tempels, aus dem die Saphire entwendet worden waren, sich sehr klug verhalten hatte.«

Wicder machte er eine Pause und spannte seine Zuhörer damit noch mehr auf die Foltcr.

Ankana ließ einen Seufzer der Erleichterung hören, als ihr Vater schließlich fortfuhr:

»Er benachrichtigte die Polizei und teilte ihr unter dem Siegel äußerster Verschwiegenheit mit, daß bei einem Raub im Tempel der gesamte Goldschmuck der Buddhafigur entwendet worden sei.«

Ankana schien nicht zu begreifen, und daher erklärte Calvin Brook:

»Auf Drängen des Abtes durchsuchte die Polizei jeden, der Chiang Mai verließ.«

»Oh, ich verstehe«, rief Ankana. »Du konntest deshalb also sicher sein, daß sich die Steine noch in der Stadt befanden.«

»Ja«, antwortete ihr Vater. »Wenn die Diebe also, wie ich annahm, den Plan gefaßt hatten, die Saphire nach Kambodscha zu schaffen, mußten sie versuchen, per Boot nach Bangkok zu gelangen, um von dort in ein größeres Schiff umzusteigen, das sie durch den Golf von Siam nach Kambodscha bringen sollte.«

Gebannt hörte Ankana zu, die großen Augen fest auf das Gesicht des Vaters gerichtet.

Der Marquis beobachtete sie, und es fiel ihm wieder einmal auf, wie schön sie war.

Er sagte sich, jetzt, wo ihr Vater wieder da sei, gebe es eigentlich keine Notwendigkeit mehr für sie, sich jünger zu machen, als sie war. Auch die Haare brauchte sie nicht mehr lose bis über die Schultern zu tragen.

Er verspürte den fast unwiderstehlichen Wunsch, ihr Haar zu berühren, bevor sie es, der Mode entsprechend, zu einer hochgetürmten Frisur aufstecken würde.

Doch entsetzt über seine Gefühle, zwang er sich, der Erzählung des Freundes zu lauschen, der soeben sagte:

»Wie ich es erwartet hatte, war es für die Diebe unmöglich, unbemerkt die von Mauern umgebene Stadt zu verlassen. Die einzige Chance, die ihnen blieb, war, auf ein Boot zu warten, das flußabwärts fuhr.«

Er machte eine Pause und fuhr dann fort:

»Und zwar waren sie gezwungen, auf die Nacht zu warten. Zusammen mit zwei Polizisten beobachtete ich den Hafen. Ich weiß nicht mehr, wie es geschah, aber durch einen Zufall wurde ich von den beiden getrennt. Und als ich mich nach ihnen umschaute, sah ich plötzlich drei Männer, die in ein Boot kletterten, das von der Uferbepflanzung fast völlig verdeckt wurde. Ich sprang vorwärts, um mich auf den Mann zu stürzen, der noch am Ufer stand.«

Der Marquis und Ankana waren ganz Ohr. Calvin Brook schien es zu spüren. Und um die Spannung noch zu erhöhen, schwieg er sekundenlang, ehe er weitersprach.

»Während ich mit dem Mann kämpfte, befahlen seine beiden Kumpane den Ruderleuten abzulegen. Das Boot setzte sich flußabwärts in Bewegung. Daß ihr Komplize zurückblieb und in Gefahr war, schien die beiden Kerle im Boot nicht zu berühren. Der Mann setzte sich mit aller Kraft gegen mich zur Wehr. Er schien entschlossen, mich zu töten, um dem entschwundenen Boot hinterherschwimmen zu können. Er wollte seinen Anteil an der Beute nicht verlieren, die seine Komplizen bei sich hatten.«

»Er hätte dich umbringen können, Papa«, flüsterte Ankana mit angsterfüllter Stimme.

»Das war auch mein Eindruck«, antwortete ihr Vater. »Und da es um die Frage ging ›er oder ich‹, entschied ich, daß er entbehrlicher sei.«

Ankana rückte ein wenig näher an ihren Vater heran, als dieser seine Schilderung wieder aufnahm.

»Erst als ich ihn getötet hatte, durchzuckte mich der Gedanke, daß seine Komplizen mich im hellen Mondlicht deutlich gesehen haben mußten. Ich schwebte also in höchster Gefahr.«

»Und deshalb kamst du auf den Einfall, deinen Tod vorzutäuschen, nicht wahr?« rief Ankana.

»Zum Glück hatte ich Dokumente bei mir – keine besonders wichtigen –, so daß ich in eins davon meinen Namen eintrug und es dem Toten in die Tasche steckte.«

Er schwieg einen Moment, verzog das Gesicht zu einem Grinsen und setzte hinzu:

»Um ganz sicher zu gehen, daß nichts schiefging, steckte ich ihm auch noch meinen Siegelring an den Finger.«

»Das war sehr clever«, sagte der Marquis anerkennend.

»Einfach nur gesunder Menschenverstand!« Calvin Brook lächelte.

»Dann schob ich ihn mit dem Gesicht nach unten ins Uferschilf, in der Gewißheit, daß man seine Züge nicht mehr erkennen würde, wenn man ihn nach Tagen dort fand.«

»War die Sache nicht gefährlich? Sicher suchte dich die Polizei.«

»Ich bin schon viele Male ›verschwunden‹, wie Osmond dir bestätigen kann«, sagte Calvin Brook.

»Bitte, erzähl weiter!« drängte Ankana.

»Das nächste, was ich tun mußte, war, herauszufinden, wo die Diebe inzwischen waren. Zum Glück fuhr das Schiff nach Kambodscha, das sie in Bangkok erreichen wollten, ihnen sozusagen vor der Nase davon.«

Ankana stieß einen aufgeregten Laut aus, was Calvin Brooks Schilderungen jedoch nicht unterbrach.

»Ich glaube, daß dies der Zeitpunkt war, an dem sie nervös zu werden begannen. Sie mußten wohl gefürchtet haben, die Polizei dort sei verständigt worden, so daß man sie aufspüren würde, wenn sie bis zur Abfahrt des nächsten Schiffes in der Stadt blieben. Jedenfalls bestiegen sie ein Fischerboot, das flußabwärts und dann aufs Meer fuhr.«

»Und so kam es, daß sie in Pattaya landeten«, stellte der Marquis fest.

»Genau«, erwiderte Calvin Brook. »Und während sie dort auf das Schiff nach Kambodscha warteten, versteckten sie die Saphire in dem kleinen Tempel über der Bucht.«

»Und wie hast du das herausgefunden?« fragte Ankana atemlos.

»Nun, als ich in Bangkok eintraf, hatte ich mich bereits als Mönch verkleidet. Und da die Menschen in diesem Land den Mönchen mit tiefer Verehrung begegnen, behandelten mich alle sehr höflich und zuvorkommend.«

Wieder machte er eine spannungsgeladene Pause, bevor er fortfuhr:

»Ich konnte also Fragen stellen, die bei einem gewöhnlichen Mann verdächtig oder sogar verräterisch hätten erscheinen können. Mich jedoch umgab die Aura der Heiligkeit, so daß meine Fragen keinen Argwohn erregten.«

Er blickte den Marquis an, während er sagte:

»Wie du weißt, Osmond, haben wir an den seltsamsten Orten Freunde oder zumindest Verbündete.«

»Du hast sie«, erwiderte der Marquis mit Nachdruck.

»Mit etwas Ermunterung, und natürlich auch weil ich mich gewisser Vorrechte erfreue, erfuhr ich von diesen Freunden, daß die beiden Männer, die auf dem schnellsten Weg nach Kambodscha wollten, sich damit zufriedengeben mußten, daß ein bekannter Fischer sie bis Pattaya mitnahm.«

»Und woher wußtest du, daß die Steine sich in dem kleinen Tempel über der Bucht befanden?«

»Weil sie so wertvoll sind, stand es für mich fest, daß die Männer die Saphire nicht mit sich herumtragen würden. Sie hätten durch Zufall in eine Schlägerei geraten oder das Opfer anderer Diebe werden können, die sie im Schlaf hätten überfallen können.«

»Und was ließ dich glauben, daß sie ihre Beute ausgerechnet in diesem Tempel versteckten?«

»Wo sonst sollten sie die Steine unterbringen? Es gibt, wie du weißt, in diesem Land kaum einen Menschen, der es wagen würde, Lord Buddha selbst zu bestehlen.«

»Und deshalb bist du also zu dem Tempel gegangen?« fragte Ankana.

»Ich ging zu dem Tempel, um auf sie zu warten. Aber ich hatte natürlich nicht die geringste Ahnung, wo in diesem baufälligen Gebäude sie die Steine versteckt hatten.«

Er senkte leicht die Stimme, als er fortfuhr:

»Die Steine hätten überall sein können. Vergraben in der Erde, irgendwo im Dachgebälk versteckt, unter der Buddhafigur oder zwischen den Weihegaben wie in Chiang Mai.«

»Es war sehr mutig von dir, ganz allein dort hinzugehen, Papa.«

»Wem hätte ich denn trauen können?« erwiderte ihr Vater. »Ob ich wollte oder nicht, ich war einfach auf mich selbst gestellt. Außerdem bildete ich mir ein, mit den beiden schon fertigzuwerden.«

Calvin Brook versank für kurze Zeit in Nachdenken. Dann sagte er, zum Marquis gewandt: »Ich bin nur froh, daß Osmond zur Stelle war – genau in dem Augenblick, in dem ich mit ihm gerechnet hatte und ich ihn dringend brauchte.«

»Ich gebe dir den guten Rat, dein Glück nicht allzusehr zu strapazieren«, sagte der Marquis mahnend. »Wenn Ankana den Mann, der dir das Messer in den Rücken jagen wollte, nicht daran gehindert hätte, würde sich deine Geschichte jetzt wesentlich anders anhören.«

»Ich weiß, ich weiß«, erwiderte Calvin Brook. »Und ich bin verdammt dankbar, daß ich mit dem Leben davongekommen bin.«

Er blickte seine Tochter sehr liebevoll an und sagte: »Danke, mein Püppchen. Dennoch muß ich dir mein Mißfallen aussprechen. Obwohl ich spürte, wie deine Gedanken mich suchten, bildete ich mir ein, du wärst in London und nähmst an Bällen und Partys teil und machtest im Buckingham Palast deinen Kniefall vor der Königin.«

»Genau das war auch der Wunsch des Marquis«, antwortete Ankana. »Doch ich wußte, du schwebtest in Gefahr, Papa. Es wäre zu viel von mir verlangt gewesen, beim Tanze auf das geistlose Gerede irgendeines jungen

Mannes zu hören, während ich vor Angst um dich fast verging.«

Calvin Brook küßte sie auf die Stirn und sagte:

»Ich verstehe dich ja. Aber welchen Sinn hat es, wenn ich alles tue, um aus dir eine feine Lady zu machen, wenn du einfach aus London wegläufst, um unter Dieben und Halsabschneidern dein Leben zu riskieren!«

»Aber das kannst du ja nun wirklich nicht behaupten«, widersprach Ankana. »Schließlich habe ich die letzten drei Wochen in der Gesellschaft eines waschechten Marquis zugebracht.«

Sie warf dem Marquis einen herausfordernden Blick zu, und der Marquis sagte:

»Du wirst verstehen, Calvin, daß ich gute Miene zum bösen Spiel machen mußte, nachdem Ankana einmal da war. Ich konnte sie ja schließlich nicht den Fischen zum Fraß vorwerfen, oder? Wir kamen überein, daß sie sich jünger machte, als sie wirklich ist, damit der Anstand und die guten Sitten nicht verletzt wurden.«

»Ach so ist das. Ich habe mich schon gefragt, weshalb sie das Haar offen trägt«, bemerkte Calvin Brook.

Er schaute Ankana ernst an und fuhr fort:

»Du wirst jetzt unverzüglich zu deiner Tante nach London zurückkehren und versuchen, dich wie eine Lady aufzuführen.«

Obwohl er mit ungerührter Stimme gesprochen hatte, zwinkerte er seiner Tochter jetzt vertraulich zu. Ankana stieß einen Entsetzensschrei aus, bevor sie heftig protestierend sagte:

»Nein, Papa, nein! Ich kann das alles nicht noch einmal mitmachen! Bitte, laß mich bei dir bleiben!«

»Ich fürchte, das ist unmöglich.«

»Warum?«

»Weil ich es versprochen habe«, antwortete er. »Und weil es etwas ist, was auch mein Wunsch ist.«

Er verstummte, lächelte seiner Tochter liebevoll zu und fuhr fort:

»Außerdem habe ich bereits alle Vorbereitungen für eine Reise nach Tibet getroffen. Ich hoffe nämlich, in einem der dortigen Klöster eine ganz bestimmte und sehr wertvolle Handschrift zu finden. Mein Aufenthalt bei den Mönchen wird mehrere Monate beanspruchen – wenn nicht noch länger.«

Er zog sie an sich, als er sagte:

»Wie sehr du mich auch bitten magst, meine schöne Tochter, du wirst einsehen, daß ich dir deine Bitte auf keinen Fall erfüllen kann. Es ist unmöglich, dich auf diese Reise mitzunehmen. Die Mönche werden unter gar keinen Umständen bereit sein, die Pforte ihres Klosters einem jungen Mädchen zu öffnen.«

»Das stimmt«, mischte sich der Marquis ein.

Ankana erhob sich von dem Sofaplatz neben ihrem Vater und ging zu einem der Fenster in der Messe.

Die Sea Horse glitt mit Volldampf durch die ruhige See, und das Mädchen dachte, daß es nicht mehr lange dauern würde, bis sie die Mündung des Menam Chao Phya erreicht hatten.

Und wenn sie Bangkok erreicht hatten und die Aushändigung der Saphire an den König erfolgt war, war nicht anzunehmen, daß es ihren Vater dort noch länger halten würde.

Sie kannte ihn zu gut, als daß ihr der Ausdruck der

Erregung auf seinem Gesicht entgangen wäre, als er vorhin von Tibet gesprochen hatte.

Sie erinnerte sich, daß er schon immer dorthin gewollt hatte.

Nun, da sich ihm die Gelegenheit bot, würde es nichts auf der Welt geben, was ihn daran hätte hindern können, die Reise so schnell wie möglich anzutreten.

Für sie bedeutete dies, daß sie den Marquis bitten mußte, sie mit nach England zu nehmen.

Es sei denn, er hätte andere Pläne.

In diesem Fall würde sie sich in die Obhut einer achtbaren Lady begeben und in ihrer Begleitung auf dem ersten Schiff, das Bangkok anlief und nach England weiterfuhr, die Rückreise antreten müssen.

Ankana überlegte verzweifelt, ob sie den Marquis bitten sollte, sie wieder mit auf die Sea Horse zu nehmen, falls er daran dachte, sofort nach London zurückzukehren.

Er blickte sie nicht an, sondern hatte sich an ihren Vater gewandt, als er sagte:

»Hört sich ungewöhnlich interessant an, Calvin, obwohl ich nicht zu behaupten wage, daß es deine bequemste Reise sein wird.«

»Das stört mich nicht«, entgegnete Calvin Brook. »Mir ist es gelungen, eine Einladung in das bedeutendste Kloster Tibets zu erhalten und zudem die Zusicherung, daß der Dalai Lama mich empfangen wird.«

In seiner Stimme war ein Klang von Genugtuung, der Ankana und dem Marquis verriet, daß für den Weltreisenden und Abenteurer Calvin Brook ein Traum in Erfüllung ging.

Nach einer kurzen Stille sagte der Marquis:

»Ich wünschte, ich könnte mitkommen!«

»Es gäbe nichts, worüber ich mich mehr freuen würde«, antwortete Calvin Brook.

Ankana rang nach Luft.

Der Gedanke war unerträglich für sie, daß nicht nur ihr Vater, sondern auch der Marquis sie alleinließ.

Sie waren die beiden Männer, die ihr am meisten im Leben bedeuteten.

Mit einer heftigen Bewegung wandte sie sich ab und stürzte ohne ein Wort der Erklärung aus dem Raum. Krachend warf sie die Tür hinter sich zu.

Als Calvin Brook ihr erstaunt nachblickte, sagte der Marquis zu ihm:

»Ich möchte mit dir über Ankana sprechen, Calvin.«

7

Der Marquis stieg den Niedergang hinunter und schritt den Gang entlang.

Vor Ankanas Kajüte blieb er sekundenlang stehen. Dann öffnete er, ohne anzuklopfen, die Tür und trat ein.

Ankana sprang vom Bett auf und lief zum Bullauge.

Wortlos schloß der Marquis die Tür hinter sich.

Ankana fragte:

»Bist du es, Papa?«

Ihre Stimme zitterte. Der Marquis durchquerte langsam den Raum und blieb neben ihr stehen.

Dann fragte er sanft:

»Warum weinst du?«

»Ich weine nicht«, erwiderte sie trotzig wie ein Kind.

Doch er sah, wie ihr die Tränen über die Wangen rannen. Nach einem Moment des Schweigens sagte er:

»Ich weiß, du bist traurig, daß dein Vater dich so schnell schon wieder verlassen will.«

Sie ließ einen leisen Seufzer hören.

»Was ... was macht Papa jetzt?«

Ihre Stimme verriet ihre Verzweiflung, und der Marquis antwortete:

»Er hat sich ein wenig auf das Sofa gelegt. Er ist müde und will etwas schlafen. Als ich die Messe verließ, schnarchte er bereits.«

Sie gab einen Ton der Erleichterung von sich, und der Marquis fuhr fort:

»Dein Vater hat während seines Aufenthalts im Tempel kaum ein Auge zugetan, weil er auf die Diebe wartete. Den verlorenen Schlaf will er jetzt nachholen, denn er ist entschlossen, in Bangkok mit dem ersten Schiff, das dort anlegt, nach Kalkutta weiterzufahren.«

Er machte eine kurze Pause, dann fuhr er fort:

»Von dort bricht er zu seiner Reise nach Tibet auf.«

Er sah, wie Ankana die Hände verschränkte, als wolle sie sich davor bewahren, erneut in Tränen auszubrechen.

Sekunden später fragte sie ihn mit leiser, zögernder Stimme:

»Werden Sie mit ihm reisen?«

Der Marquis schüttelte den Kopf.

»Ich habe andere Pläne, und darüber wollte ich mit dir sprechen.«

Ankana glaubte, er beabsichtigte, ihr zu erklären, welche Maßnahmen er bezüglich ihrer Rückkehr nach England zu treffen gedachte.

Und weil sie das Gefühl hatte, die Worte, mit denen er sie fortschickte, nicht ertragen zu können, sagte sie stockend:

»Müssen wir das – jetzt besprechen?«

»Ich dachte, es würde dich interessieren, da es sich um meine Flitterwochen handelt.«

Ankanas Haltung versteifte sich.

Dann fragte sie mit einer Stimme, die kaum noch als die ihre zu erkennen war:

»Sagten Sie Ihre ... Ihre Flitterwochen?«

»Ich dachte, es würde die Lösung deiner als auch meiner Probleme darstellen.«

Sie wandte ihm ihr Gesicht zu und starrte ihn entgeistert an, die Augen mit den tränenfeuchten Wimpern groß in dem kleinen Gesicht.

»Was meinen Sie? Ich ... ich verstehe nicht.«

Der Marquis lächelte, dann legte er langsam, als würde er sich zwingen, nichts zu übereilen, seine Arme um sie und zog sie an sich.

»Was ist nun mit deinem Einfühlungsvermögen und der Fähigkeit, Gedanken zu lesen, die du zu besitzen glaubst. Weißt du denn nicht schon längst, daß ich dich liebe?« fragte er.

»Das ... das kann nicht wahr sein!« flüsterte Ankana.

»Es ist wahr«, sagte der Marquis. »Ich liebe dich schon eine sehr lange Zeit.«

Er verstummte und blickte sie an, bevor er weitersprach.

»Als ich sah, wie der Mann das Messer hob, um dich zu treffen, wußte ich: Wenn ich dich verlor, würde ich alles verlieren, was wertvoll und wichtig für mich ist. Und ich wußte, mein Leben würde nie wieder das sein, was es vorher gewesen war.«

Er wartete nicht auf ihre Antwort, sondern preßte sie noch fester an sich. Dann küßte er sie.

Für Ankana löste sich die Welt um sie her in nichts auf.

Sie glaubte zu schweben, der Himmel schien sich über ihr zu öffnen.

Die Empfindungen, die sie zum erstenmal gehabt hatte, als der Marquis wie zufällig ihre Lippen berührt hatte, schienen sich nun noch zu verstärken.

Sie wurden so aufwühlend und erregend, daß Ankana zu zittern begann.

Es war so, wie sie sich die wirkliche Liebe immer vorgestellt hatte.

Sie hatte gewußt, daß sie eine solche Liebe niemals dort hätte finden können, wo ihr Vater sie hingeschickt hatte. Niemals dort, wo ihre Tante glaubte, daß sie gerade da einen Mann für sich finden würde.

Als der Marquis sie nun immer stärker an sich preßte und seine Lippen immer fordernder und besitzergreifender wurden, wußte Ankana endgültig, daß er alles war, was sie von einem Mann erwartete.

Ihre Liebe zu ihm war so tief wie das Meer und so hoch wie der Himmel.

Sie wuchs aus der Kraft, an die sie und ihr Vater glaubten.

Sie war so vollkommen, so verwandt dem Göttlichen, daß ihr Tränen des Glücks über die Wangen liefen.

Als der Marquis den Kopf hob, sagte er mit bewegter Stimme:

»Du weinst doch wohl nicht, mein Liebstes?«

»Ich weine, weil ich glücklich bin. Ich liebe dich, doch ich hätte es nie für möglich gehalten, daß auch du mich lieben würdest.«

»Ja, ich liebe dich, und es wird eine ganze Ewigkeit dauern, bis ich dir klargemacht habe, wie sehr«, sagte der Marquis. »Und deshalb brauchen wir lange Flitterwochen und ein noch längeres Leben als Mann und Frau.«

Als sei er nicht imstande, eine Antwort von ihr abzuwarten, küßte er sie aufs neue.

Er spürte, wie sie sich ihm voller Hingabe entgegendrängte. Und als er glaubte, ihre Körper würden miteinander verschmelzen, wußte er, daß noch nie eine Frau solche Empfindungen in ihm geweckt hatte, wie er sie jetzt fühlte.

»Was hast du mit mir gemacht, mein Liebling?« fragte er sie einige Zeit später. »Wie ist es möglich, daß ich plötzlich so empfinde wie jetzt?«

»Und wie empfindest du?« fragte Ankana, die Augen leuchtend wie Sterne.

»Ich empfinde wie ein Mann, der die Welt erobert hat. Der gefunden hat, wonach er ein Leben lang gesucht hat: das Goldene Vlies, den Heiligen Gral ... Der weiß, daß die Zeit seiner Pilgerschaft vorüber ist.«

»Bist du dir dessen – sicher? Absolut sicher?«

»Das ist etwas, was sich noch herausstellen muß.

Doch wenn wir unsere Goldene Hochzeit feiern, wirst du zugeben müssen, daß ich recht hatte.«

Ankana ließ ein leises, glückliches Lachen hören.

Dann sagte sie:

»Wenn wir heiraten werden ... bitte, könnte ich dann ein neues Kleid bekommen? Als ich mich an Bord schlich, hatte ich nur zwei Musselinkleider dabei – und inzwischen sind es nur noch zwei Fetzen.«

Der Marquis lachte.

»Ich glaube, das ist das erste Mal, daß ich dich wie eine Frau reden höre. Bisher ist mir das noch nie aufgefallen. Aber was deine Bitte betrifft, werde ich sie dir natürlich erfüllen.«

Er lächelte und setzte dann hinzu:

»Ich nehme an, die Garderobe, die du mit an Bord brachtest, war nicht besonders kostspielig, nicht wahr?«

»Warum auch? Jedenfalls war ich der Ansicht, daß nicht so wichtig sein würde, wie ich gekleidet war, da du ja sowieso nicht an mir interessiert warst«, antwortete Ankana. »Aber jetzt möchte ich natürlich so schön wie möglich aussehen – für dich.«

»Du siehst wundervoll aus. Und ich bin hingerissen von deinem Haar, wie du es jetzt trägst – lang und tief über die Schultern fallend.«

Er verstummte und blickte sie fast schwärmerisch an. Dann sagte er:

»Ich glaube, alle werden ziemlich erstaunt reagieren, wenn sie feststellen, daß meine Frau aussieht, als sei sie noch ein kleines Mädchen. Wir werden dir also wohl oder übel einige Kleider kaufen müssen, sobald wir in Bangkok sind.«

Er küßte ihre Augen, ehe er fortfuhr:

»Danach werden wir einen Teil unserer Flitterwochen in Hongkong verbringen, wo dich die chinesischen Läden mit allem ausstatten werden, was du brauchst.«

Wieder machte er eine Pause und fügte hinzu:

»Die Chinesen sind ausgezeichnete Geschäftsleute und besitzen ein hervorragendes Organisationstalent, so daß du imstande sein wirst, innerhalb von vierundzwanzig Stunden jeden Schrank und jede Kommode auf dem Schiff mit neuen Sachen zu füllen.«

Ankana lachte amüsiert.

Dann sagte sie:

»Ich bin nicht habgierig. Doch ich fürchte, wenn ich zu unansehnlich aussehe, dann wirst du damit aufhören, mich zu lieben.«

»Das ist unmöglich!«

Während er sprach, dachte der Marquis, daß er Ankana nicht so liebte wie die anderen Frauen, die er nur geliebt hatte, weil sie schön waren und einen reizvollen Körper besaßen.

Nein, über das Körperliche hinaus waren sie auch auf geistige Weise verbunden – und dies auf eine Art und Weise, wie er es nie zuvor gekannt hatte.

»Ich liebe dein kluges Köpfchen«, sagte er. »Und eins steht für mich fest: Mit dir werde ich mich niemals langweilen oder zum Zyniker werden.«

Ankana stieß einen leisen Schrei aus.

»Du machst mir Angst!«

»Im Gegenteil, ich ermuntere dich!« antwortete der Marquis. »Noch heute morgen habe ich gedacht, daß ich keine Frau außer dir kenne, mit der ich eine so lange

Zeit völlig allein auf einem Schiff hätte verbringen können, ohne mich auch nur eine einzige Sekunde zu langweilen.«

»Stimmt das wirklich?«

»Ich schwöre es dir!« versicherte der Marquis. »Jeden Abend, wenn ich im Bett lag, habe ich an dich gedacht. Ich habe über unsere Gespräche nachgedacht, über unsere Diskussionen und Standpunkte. Du hast meinen Geist angeregt, mich zum Denken gebracht. Und am liebsten wäre ich dann auf der Stelle aufgestanden und in deine Kajüte gekommen, um das Gespräch mit dir fortzusetzen.«

Der Druck seiner Arme verstärkte sich, als er sagte:

»In Zukunft wird es dieses Problem nicht mehr geben. Ich werde auch nachts mit dir reden können. Ich fürchte allerdings, das Gesprächsthema wird dann nur die Liebe sein!«

Er spürte, wie Ankana zitterte, und dachte, daß ihn noch nie etwas mehr erregt hatte bei einer Frau.

Wieder küßte er sie, bis sie beide glaubten, die Sinne würden ihnen schwinden.

Später, als Calvin Brook aufgewacht war, gingen sie Hand in Hand in die Messe und brachten ihm die gute Neuigkeit.

»Ich kann mir nicht vorstellen, was mich mit größerer Freude und Genugtuung erfüllen würde«, rief Calvin Brook. »Ich habe immer gefürchtet, der Mann, den du heiratest, Ankana, könne deiner nicht würdig sein.«

Er lächelte und fuhr fort:

»Ich kenne Osmond so gut, und unsere Freundschaft hat sich in so vielen Gefahren bewährt, daß ich mir keinen besseren Schwiegersohn wünschen könnte.«

»Danke, Calvin«, sagte der Marquis. Er lächelte ebenfalls.

»Ich weiß, du wirst dich um Ankana kümmern«, fuhr Calvin Brook fort. »Gleichzeitig jedoch verliere ich in ihr nicht nur eine ausgezeichnete Partnerin und Gefährtin, sondern auch jemanden, der mich ständig inspiriert und meinen Ehrgeiz angestachelt hat. Glaube mir, Osmond, sie wird dir eine ideale Frau und Lebensgefährtin sein. Sämtliche Männer in England werden dich um sie beneiden.«

»Ich weiß, Calvin. Du sagst mir nichts Neues«, erwiderte der Marquis, und sein Blick ruhte stolz auf Ankana.

»Nun macht ihr mich beide aber ganz verlegen«, rief Ankana. »Bitte, Papa, bleib diesmal nicht gar so lange fort!«

»Um mein erstes Enkelkind zu sehen, werde ich pünktlich zurücksein«, antwortete Calvin Brook schmunzelnd.

Ankana errötete bis zu den Haarwurzeln, und der Marquis dachte, daß sie in diesem Moment noch schöner aussah als sonst.

Nachdem die Sea Horse vor dem Königspalast in Bangkok vor Anker gegangen war, wurde Dobson in die

Stadt zu den besten und teuersten Modegeschäften geschickt.

Wenige Stunden danach trafen zahlreiche Kisten und Kartons auf der Yacht ein, und Ankana begann mit der Auswahl und Zusammenstellung ihrer neuen Garderobe.

Der Marquis und ihr Vater statteten indessen dem König einen Besuch ab und meldeten ihm den erfolgreichen Abschluß ihrer Mission.

Der König war, wie sie es erwartet hatten, begeistert und erleichtert zugleich. Gleichzeitig schien er besorgt.

Er sagte mit großer Eindringlichkeit:

»Ich muß Ihnen wohl nicht erklären, Mister Brook, daß es ein Fehler wäre, wenn Sie sich länger als nötig in Bangkok aufhielten.«

Er wandte sich an den Marquis:

»Das gilt auch für Sie, Mylord.«

Er ließ einen tiefen Seufzer hören, bevor er fortfuhr:

»Unsere Feinde in Kambodscha können sehr unangenehm werden. Vor allem, wenn Leute aus ihren Reihen getötet oder verwundet wurden.«

»Wir sind uns dessen bewußt, Majestät.«

Calvin Brook nickte.

»Ich werde in der Tat noch in dieser Nacht nach Kalkutta aufbrechen. Die Schiffspassage ist bereits gebucht.«

Sekundenlang schwieg er, ehe er hinzusetzte:

»Vielleicht beruhigt es Sie zu wissen, daß ich unter einem anderen Namen reise. Für jemanden, der mir Rache geschworen hat, dürfte es also schwierig sein, mich aufzuspüren.«

»Das ist gut«, sagte der König anerkennend. »Und Sie wissen, daß Sie es mir nur sagen müssen, falls ich etwas für Sie tun kann.«

»Danke, Majestät!«

Der König lächelte freundlich und wandte sich dann dem Marquis zu.

»Auch ich habe vor, Bangkok noch heute abend zu verlassen«, sagte dieser. »Doch bevor ich dies tue, werde ich mich in der Anglikanischen Episkopalkirche mit Ankana Brook vermählen.«

»Das sind ja ausgezeichnete Neuigkeiten«, rief der König aus. »Meinen Glückwunsch. Ich halte sie für eine sehr charmante und sehr schöne junge Lady. Ich bin sicher, daß Sie sehr glücklich mit ihr werden, Mylord.«

»Das bin ich schon jetzt«, antwortete der Marquis. »Aber Eure Majestät werden Verständnis dafür haben, daß Sie der einzige Mensch sind, der von unserer Heirat wissen wird.«

Der König schien sich geehrt zu fühlen, und der Marquis fuhr fort:

»Aus dem gleichen Grund, aus dem Mister Brook unter falschem Namen reist, werde ich nur unter meinem Familiennamen, ohne Angabe meines Titels, heiraten. Und ich wünsche bei der Zeremonie keine Zuschauer und erst recht keinen Vertreter der Presse.«

Der König dachte einen Moment lang nach, bevor er sagte:

»Ich habe eine bessere Idee. Ich glaube nämlich, daß es zu gefährlich für Sie ist, sich in der Stadt zu zeigen.«

Er verstummte, sah den Marquis fest an und sagte:

»Mister Brook ist ein Meister der Verkleidung, wie

wir alle wissen. Aber Sie, Mylord, sind viel zu stattlich und attraktiv, um keine Aufmerksamkeit auf sich zu ziehen.«

Der Marquis lachte ein wenig bekümmert, der König jedoch fuhr fort:

»Mir ist bekannt, daß die christlichen Missionare in meinem Land auf ihren Reisen einen geweihten Altarstein mit sich führen, so daß sie in der Lage sind, überall – selbst an den ungewöhnlichsten Orten – ihre Gottesdienste abzuhalten.«

Der Marquis lauschte den Worten des Königs mit wachsender Spannung. Er wußte, daß es stimmte, was Chulalongkorn sagte.

Er erinnerte sich daran, daß auch die Missionare in Afrika immer einen solchen geweihten Stein in ihrem Gepäck hatten.

Jeder Tisch und jeder Felsbrocken, auf den sie diesen Stein legten, wurde so zum Altar.

»Was ich Ihnen vorschlagen möchte, ist dies«, fuhr der König fort. »Heiraten Sie hier im Palast anstatt in einem Gotteshaus in der Stadt, wo immer Neugierige anzutreffen sind; denn eine Hochzeit zieht nun einmal unweigerlich das Interesse der Menschen auf sich.«

Der Marquis schaute überrascht auf.

Der König erklärte:

»Zufällig erfuhr ich heute morgen, daß wir einen Besucher hier haben, einen hochgeachteten Mann, der auf dem Weg in den Norden meines Landes ist. Er hat schon viele meiner Landsleute von einer besonders bösartigen Form des Typhus geheilt.«

»Father Trevor Sutherland.«

»Genau der«, bestätigte der König. »Ein sehr bemerkenswerter Mann. Und da ich ihm gern persönlich für seinen Einsatz und seine Hilfe danken möchte, habe ich ihn eingeladen, mein Gast zu sein.«

Jedes weitere Wort erübrigte sich, und der Marquis dankte dem König für seine Freundlichkeit.

Der König versprach, er werde ihnen im Gästehaus, dem Palast der ruhigen Freuden, einen Raum vorbereiten lassen, über den der Marquis jederzeit verfügen könne.

Als sie wieder auf dem Schiff waren und Ankana vom Angebot des Königs berichteten, stand diese inmitten einer Anzahl der herrlichsten Kleider, die man ihr zur Auswahl auf die Yacht gebracht hatte.

Ankana war entzückt und freute sich wie ein kleines Mädchen. Dennoch hatte sie sich in ihrer Begeisterung nicht dazu hinreißen lassen, auch nur ein Wort über ihre Hochzeit zu sagen.

Weil sie so auffallend jung aussah, hatten die Schneiderinnen ihr zu hellen Farben geraten – zu Weiß vor allem.

Daher schöpfte niemand Verdacht, sie könnte die Farbe Weiß aus einem besonderen Grund wählen.

Ankana betrat die Messe in einem schlichten weißen Kleid, das aus einem sehr kostbaren Seidenstoff gearbeitet war.

Ihr Haar war kunstvoll aufgesteckt und wurde auf dem Kopf von einem Kranz farbenprächtiger Blüten zusammengehalten.

Der Marquis stellte fest, daß sie nun nicht länger das junge Schulmädchen war, das sie der Schiffsmannschaft vorgespielt hatte. Sie war eine vollerblühte junge Frau.

Das Tragen eines Brautschleiers kam natürlich nicht in Frage.

Der Blütenkranz auf dem Kopf fand sein Gegenstück in einem Strauß, den der Marquis für Ankana besorgt hatte, und beides ließ sie sehr bräutlich aussehen.

Der König hatte eine der königlichen Kutschen geschickt, die sie zum Palast der ruhigen Freuden brachte.

Dort wurden sie nur vom Kammerherrn Seiner Majestät begrüßt, den Ankana und der Marquis bereits kannten.

Unter vielen Verneigungen und Komplimenten führte er sie in einen prächtigen Saal, in dem Father Sutherland bereits auf sie wartete.

Offensichtlich war er vom König genauestens informiert worden, denn den Eintretenden fiel sofort der Tisch am anderen Ende des Raumes auf.

Er war mit einem reichbestickten Tuch bedeckt.

Sechs Kerzen brannten in goldenen, mit kostbaren Steinen versehenen Leuchtern.

In der Mitte des ungewöhnlichen und sehr exotischen Altars lag der konsekrierte Stein, den Father Sutherland auf seinen Missionsreisen bei sich trug.

Auf jeder Seite des Altars standen große Vasen mit Blumen, die den kleinen Saal mit einem betäubenden Duft erfüllten.

Außerdem schmückten Blumengirlanden die Bilder an den Wänden und die Tür- und Fensterfriese.

Ankana dachte, daß wohl keine Braut einen ungewöhnlicheren wie aber auch aufwendigeren Hintergrund für ihre Hochzeitsfeier haben konnte.

Der Marquis und ihr Vater trugen Abendanzüge.

Falls man sie gesehen hatte, würde man sie für Gäste des Königs halten, die einer Einladung zum Dinner im Königlichen Schloß folgten.

Father Sutherland eröffnete die Trauungszeremonie. Er sprach die Gebete mit einem Ernst, der zu Herzen ging.

Ankana und der Marquis knieten vor ihm nieder. Ihre Hand umklammerte fest die ihres zukünftigen Gatten.

Inbrünstig flehte sie zum Himmel, sie möge dem Marquis die Frau sein, die er sich wünschte, wenn auch seine Stellung in England manche Schwierigkeiten und Probleme für sie mit sich bringen mochten.

Sie liebte ihn so sehr, daß sie wußte, was immer er auch von ihr verlangen sollte, sie würde es bereitwillig tun.

Dabei war sie klug genug, sich darüber im klaren zu sein, daß ihr Leben in Zukunft in völlig anderen Bahnen verlaufen würde als bisher.

Während der Reisen, die sie mit ihrem Vater unternommen hatte, war sie vielen seltsamen und merkwürdigen Menschen begegnet, mit denen sie Freundschaft geschlossen hatte.

Die Gesellschaft, in die sie nun als Gemahlin des Marquis eintreten würde, hätte diese Menschen wohl nie akzeptiert.

Sekundenlang war sie von der Furcht erfüllt, ihn zu enttäuschen, so daß er es vielleicht eines Tages bereuen würde, sie geheiratet zu haben.

Dann sagte sie sich, daß die »Kraft«, die ihr geholfen hatte, ihren Vater zu finden, immer in ihr wirksam war.

Sie hatte sie sicher durch Gefahren geleitet, an denen andere gescheitert oder zerbrochen wären. Die »Kraft« würde sie auch jetzt nicht im Stich lassen.

»Hilf mir, lieber Gott, bitte, hilf mir!« flehte sie.

Sie spürte, wie die Finger des Marquis den Druck um ihre Hand verstärkten, und sie wußte, daß er ihre Gedanken erriet.

Es war fast nicht zu glauben, aber sie hatte wirklich das Glück gehabt, einen Mann zu finden, der, was sie betraf, ebenso scharfsichtig und einfühlsam war wie ihr Vater.

Und dabei standen sie erst am Anfang ihres gemeinsamen Weges. Ankana hatte keinen Zweifel, daß es mit der Zeit keinerlei Rätsel und Fremdheiten mehr zwischen ihnen geben würde.

Sie würden schon bald eins sein. Eins in einem Fleisch, wie die Bibel sagte. Und nicht nur in einem Fleisch, sondern auch in einem Geist.

Father Sutherland segnete ihren Bund.

Nachdem sie den kleinen Saal verlassen hatten und aus dem Gästepalast nach draußen traten, sahen sie, daß diesmal zwei Kutschen auf sie warteten.

Der Kammerherr erklärte ihnen, daß der König mit Calvin Brook noch etwas zu besprechen wünsche und daher in der zweiten Kutsche auf ihn warte.

So kam es, daß Ankana und der Marquis allein in der ersten Kutsche Platz nahmen.

Der Marquis hob ihre Hand an die Lippen und küßte ihre Finger – einen nach dem anderen.

»Ich kann es noch gar nicht richtig glauben, daß wir nun Mann und Frau sind«, flüsterte Ankana mit einer seltsamen Scheu in der Stimme.

»Aber wir sind es«, sagte der Marquis mit dunkler Stimme. »Du bist meine Frau, und ich verspreche dir, Liebling, daß du in der Zukunft niemals mehr eifersüchtig auf eine andere Frau zu sein brauchst. Ich werde gar nicht die Zeit dazu haben, eine andere anzuschauen, da es so viele Dinge gibt, die wir zusammen tun werden.«

»Hast du gemerkt, daß ich eifersüchtig war?«

»Es war nicht zu übersehen. Und als ich es merkte, begann ich zu hoffen, daß du mich vielleicht ein bißchen lieben könntest.«

»Ich liebe dich nicht nur ein bißchen, sondern aus ganzem Herzen und mit jeder Faser meines Seins.«

Ankana schwieg einen Moment lang, dann fügte sie langsam hinzu:

»Und nun erfüllst du nicht nur mein Herz, sondern auch mein Leben.«

Seine Arme zogen sie fest an sich, und er dachte, daß er der glücklichste Mann der Welt war.

Er hatte in dieser süßen kleinen Person alles gefunden, wonach er je gesucht und wovon er je geträumt hatte.

Lange Zeit danach ging die Sea Horse flußabwärts vor Anker.

Es war eine Stelle, wo niemand sie bemerkte. Weit und breit gab es keine menschliche Behausung, sondern nur Palmen- und Mangohaine.

Ankana wandte das Gesicht ihrem Gatten zu und küßte seine Schulter.

»Ich liebe dich!« hauchte sie.

»Was ich für dich empfinde, ist ganz und gar unaussprechlich«, erwiderte der Marquis. »Es läßt sich nicht in Worte fassen.«

Er schwieg sekundenlang, dann bemerkte er:

»Noch nie in meinem Leben bin ich – und das ist die reine Wahrheit – so glücklich gewesen.«

»Ist das wahr – wirklich wahr? Ich hatte solche Angst, dich zu enttäuschen.«

»Mich enttäuschen? Du? Das ist ganz und gar unmöglich.«

Die Stimme des Marquis hatte einen beinahe feierlichen Ton angenommen.

»Ich ahnte nie, daß jemand so schön sein kann wie du. Erst jetzt ist mir dies bewußt geworden. Und ich habe ein überwältigendes Gefühl der Dankbarkeit in mir, daß ich es bin, der diese Schönheit besitzen darf. Aber es gibt noch mehr, wofür ich dem Himmel dankbar bin.«

Sie drängte sich noch näher an ihn, und er fuhr fort:

»Wir sind nun eins, eine einzige Person. Und da auch unser Denken und Fühlen eins ist, glaube ich, daß wir gemeinsam viel mehr für andere tun können, als wenn jeder nur für sich allein handelt.«

»Genau das meine ich auch«, sagte Ankana. »O Liebling, ich weiß, daß du eine sehr bedeutsame und wichtige Persönlichkeit bist, aber du hast mir versprochen, daß ich dir helfen darf.«

»Ja, denn ich bin überzeugt davon, daß ich ohne dich nur wenig auszurichten vermag«, versicherte der Marquis. »Und ich glaube, diese Überzeugung wird in mir immer mehr wachsen und zur Gewißheit werden.«

Wieder schwieg er und fügte dann hinzu:

»In diesem Sinne werden wir auch unsere Kinder erziehen. Wir werden alles tun, damit eigenständige und kritische Menschen aus ihnen werden.«

Ankana hob ihr Gesicht zu seinem empor.

»Ich bete zu Gott, daß ich dir einen Sohn schenken werde«, flüsterte sie.

Sie spürte, wie ihre Worte den Marquis anrührten. Gleich darauf sagte er:

»Ich wünsche mir Kinder, die das große Haus, das in England auf uns wartet, mit fröhlichem Leben erfüllen und die den Namen unserer Familie weitertragen.«

Er lächelte sie zärtlich an und fuhr fort:

»Doch ich werde mit Gewißheit eifersüchtig sein, wenn du sie mehr lieben solltest als mich, denn ich wünsche mir deine Liebe mehr als alles, was ich mir je im Leben gewünscht habe.«

»Meine Liebe gehört dir!« sagte Ankana rasch. »Genauso wie ich dir gehöre.«

»Ich habe dir schon gesagt, daß ich hingerissen bin von deinem Gesicht, das so schön und so fremdartig ist«, sagte der Marquis.

Er küßte sie auf die Augen, die kleine gerade Nase, die Grübchen in den Wangen.

Dann fuhr er mit großem Ernst in der Stimme fort:

»Aber ich bewundere genauso deinen Verstand, deine Phantasie, deine selbständige Art, die Dinge zu sehen. Ich finde dich hinreißend, interessant und anregend – und sehr, sehr originell.«

Er brach ab, sah sie aufmerksam an und setzte hinzu:

»Eins steht für mich fest. Ich werde mich nie mit dir langweilen – auch dann nicht, wenn ich schon weiß, was du mir sagen willst, noch bevor du es ausgesprochen hast.«

Ankana lachte.

»Das ist eine Herausforderung! Wenn ich dir also demnächst unberechenbar erscheine und dich damit verärgere, ist es deine eigene Schuld!«

»Ich lasse es darauf ankommen!« erwiderte der Marquis.

Er dachte daran, wie oft er sich mit anderen Frauen gelangweilt hatte, weil es nichts Originelles und Überraschendes an ihnen gab.

Er zog sie noch fester an sich. Und während seine Hand ihren Körper streichelte, fuhr er fort:

»Ich liebe dein Herz, von dem ich glaube, daß es mir gehört, so wie mein Herz dir gehört. Aber da ist noch etwas, das ich mir von dir wünsche. Du bist die erste Frau, die ich darum bitte. Noch nie habe ich eine andere danach gefragt.«

Fragend hob Ankana die Augenbrauen, um ihm zu zeigen, daß er ihr Rätsel aufgab. Der Marquis sagte sehr sanft und zärtlich:

»Ich möchte, daß du mir deine Seele schenkst, denn deine Seele ist dein eigentliches Selbst. Sie ist es, die mit jener Kraft spricht, die dir hilft und dich beschützt und von der ich will, daß sie auch von mir Besitz ergreift.«

»Meine Seele ...«, flüsterte Ankana. »Sie gehört dir. Alles, was mir gehört, ist dein. Alles ...«

In ihrer Stimme war ein Klang von Leidenschaft, der dem Marquis nicht entging.

Als er sie vorhin zum erstenmal geliebt hatte, war er sanft und behutsam vorgegangen, weil er wußte, daß die Gefühle, die er in ihr wachrief, anders waren als alles, was sie zuvor erlebt hatte.

Sie war wie eine Knospe, die sich den wärmenden Strahlen der Sonne öffnet. Er wußte, daß er sie weder erschrecken noch verletzen durfte.

Er mußte sie die Liebe erst lehren. Mußte sie lehren, ihn genau so leidenschaftlich zu lieben, wie er sie liebte.

Dennoch wußte er, daß zwischen ihnen ein gegenseitiges Geben und Nehmen sein würde.

Auch sie hatte ihn vieles zu lehren: geistig und menschlich.

Er rückte ein wenig von ihr ab, so daß er auf sie niederblicken konnte.

»Wie kannst du nur so vollkommen sein?« fragte er. »Wie kommt es, daß du genau die Frau bist, deren Bild ich stets wie in einem heiligen Schrein in meinem Herzen getragen habe? Die Frau, von der ich nie geglaubt habe, daß ich sie einmal finden würde.«

»Bist du wirklich ganz sicher, daß du mich jetzt gefunden hast? Und hast du wirklichen keinen Zweifel daran, daß ich dich niemals langweilen werde?«

Ihre Stimme klang ein wenig spöttisch. Und doch war hinter ihren Worten ein Ernst, der dem Marquis nicht entging.

»Auf diese Frage werde ich dir antworten, wenn wir im Himmel sind – nach einem langen, glücklichen gemeinsamen Leben«, sagte er.

Dann küßte er sie.

Er küßte sie fordernd und leidenschaftlich und dennoch voller Liebe und Ehrfurcht.

Denn sie war etwas Heiliges, etwas Kostbares für ihn. So heilig und kostbar wie die fünf blauen Saphire, die von solcher Wichtigkeit waren für den Frieden und das Wohl Siams.

Er spürte, wie Ankanas Lippen den seinen antworteten.

Er wußte, daß die Leidenschaft, die in ihm brannte, auf sie übergesprungen war.

Eine winzige Flamme züngelte in ihr, sie wuchs, wurde größer und größer.

Die Blätter der Blüte öffneten sich, und der Marquis hatte das Gefühl, als ob ein Licht sie umhüllte. Ein Licht, das von Gott und zugleich aus ihnen selbst kam.

»Ich liebe dich, ich liebe dich!« flüsterte Ankana. »Bitte, liebe mich und laß mich dein sein!«

»Du bist mein«, antwortete der Marquis. »Ich bete dich an, mein Schatz, mein Alles!«

Sie schmiegte sich noch enger an ihn.

Und als der Marquis sich mit ihr vereinigte, war um sie herum nur noch ein blendender Lichtschein, der nichts Irdisches mehr an sich zu haben schien.

Draußen aber ertönte das Rauschen des Menam, dessen Wellen leise gegen den Schiffsrumpf schlugen.

Es war in der Frühe des nächsten Tages, als Ankana aufwachte. Und da sie so glücklich war, schlüpfte sie leise aus dem Bett.

Der Marquis schlief fest und friedlich.

Ankana konnte seine schlafende Gestalt im Morgenlicht sehen, das durch die Bullaugen in der Kajüte drang. Sie stellte fest, daß er jünger und attraktiver aussah als am Tag zuvor.

Sie verspürte den Wunsch, zum Ankleidetisch zu gehen und in den Spiegel zu schauen, um sich davon zu überzeugen, daß die Liebe auch sie verwandelt hatte.

Doch sie widerstand dem Wunsch. Statt dessen zog sie langsam die Vorhänge zurück und blickte nach draußen.

Die Sonne war noch nicht aufgegangen, doch der Himmel im Osten färbte sich golden.

Über dem Fluß, auf dem sie dahinglitten, lagen zarte Nebelschleier. Sie verliehen ihm etwas Unwirkliches und Geheimnisvolles, was – wie Ankana dachte – bezeichnend für das ganze Land war.

Sie wußte, daß sie Siam bald hinter sich lassen und das Südchina-Meer Richtung Hongkong hinaufdampfen würden.

Fast als betrachtete sie eine Landkarte, vermochte sie sich den Teil der Welt vorzustellen, dem sie entgegenfuhren.

Sie wußte, zusammen mit ihrem Ehemann würde es ein faszinierendes Erlebnis werden, das sie beide begeistern würde.

In der vergangenen Nacht hatte der Marquis Gefühle und Empfindungen in ihr geweckt, von denen sie nicht einmal etwas geahnt hatte. Und wenn sie es gewußt hätte, wäre sie fest davon überzeugt gewesen, daß niemand so etwas erleben und danach weiterleben könnte.

Diese Nacht besaß etwas Überirdisches für sie.

Ankana wußte nun: Die Liebe kam von Gott.

Es war die Liebe, aus der heraus die großen Künstler ihre Bilder, die Musiker ihre Kompositionen, die Dichter ihre Epen und Romane geschaffen hatten.

Die Liebe war die bewegende Kraft dieser Welt.

Glücklich flüsterte Ankana:

»Es ist die Liebe, die uns zusammenführte. Es ist Liebe, echte und wahre Liebe, die wir füreinander empfinden!«

Ein Zittern überlief sie, und sie dachte, was geschehen wäre, wenn sie in London geblieben wäre und einen der Männer geheiratet hätte, die ihre Tante für sie ausgesucht hatte.

Himmel, nie hätte sie die Wonnen durchlebt, die sie in dieser Nacht hatte erfahren dürfen. Nie wäre ihr bewußt geworden, zu welchem Verzicht sie verdammt gewesen wäre.

»Danke«, flüsterte sie, »danke, lieber Gott.« Ihr Gesicht war der Sonne zugewandt, deren goldene Lichtflut sich in diesem Augenblick über den Horizont ergoß.

Sie wußte, der Gott, zu dem sie betete, war auch Lord Buddha, den sie nie vergessen würde.

Ankana war so vertieft in ihre Gedanken, daß sie erschrak, als der Marquis vom Bett aus sagte:

»Weshalb läßt du mich allein, Liebling?«

Sie wandte sich zu ihm um, lief zum Bett zurück und warf sich in seine Arme.

Mit leuchtenden Augen blickte sie ihn an.

»Ich dachte, wie froh ich sein muß – dich gefunden zu haben.«

»Ich habe im Traum das gleiche gedacht.«

»Ich bin so glücklich, daß ich fast Angst habe.«

»Angst?« fragte der Marquis erstaunt.

»Es ist alles zu vollkommen, zu wundervoll, um anzudauern. Ich werde aufwachen und erkennen, daß es uns beide nie gegeben hat.«

»Du hast zu viel Phantasie«, sagte der Marquis. »Ich muß dich lehren, meine Süße, mir zu vertrauen, damit du nie wieder an meiner Liebe zu dir zweifelst und daran, daß du zu mir gehörst.«

Ankana schmiegte sich enger an ihn.

»Es gibt so viele Dinge, die wir noch zusammen tun müssen«, sagte sie zärtlich. »Aber noch viel aufregender finde ich es, mit dir zu reden und mit dir nachzudenken. Nur wenn ich dir so nahe bin wie jetzt, brauche ich weder zu denken noch zu reden – dann ist für mich nichts wichtiger als deine Nähe.«

Der Marquis gab keine Antwort, er schaute sie nur an. Nach einem Augenblick fuhr sie fort:

»Du bist so bedeutend und wohlhabend – aber das zählt für mich nicht. Ich würde dich nicht weniger lieben, wenn wir in einem Zelt oder in einer Höhle leben müßten – und wenn ich mir niemals ein neues Kleid leisten könnte.«

Der Marquis lachte.

»Ich glaube, du würdest anders denken, wenn es tatsächlich so wäre. Doch ich verstehe, was du sagen willst, mein Schatz. Und ich fühle das gleiche wie du.«

Er machte eine Pause und fügte hinzu:

»Aber gleichzeitig ist es auch sehr beruhigend, zu wissen, daß wir uns einen gewissen Luxus leisten können. Ich werde dich mit vielen kostbaren Geschenken erfreuen, wenn wir schließlich wieder nach England zurückgekehrt sind.«

Er sah, daß Ankana sich fragte, was für Geschenke er meinte, und sagte:

»Vor allem werde ich dir einige Pferde schenken. Dein Vater erzählte mir, daß du eine perfekte Reiterin bist. Doch leider habe ich dich noch nicht auf einem Pferd bewundern können.«

Er lächelte ihr zu und meinte dann:

»Im übrigen habe ich das Gefühl, daß wir auch beim Reiten wunderbar zusammenpassen und viel Freude miteinander haben werden.«

»Ich kann mir kein herrlicheres Geschenk vorstellen als eines der wundervollen Pferde, die du reitest«, sagte sie aufgeregt.

Wieder lächelte der Marquis.

Dann wurde er plötzlich ernst. Er küßte ihre Stirn und sagte:

»Hör auf damit, dir wegen der Zukunft Sorgen zu machen! So entsetzlich werden die Ballveranstaltungen und Empfänge im Buckingham Palast gar nicht sein, wenn wir gemeinsam daran teilnehmen.«

Er küßte ihre Nasenspitze.

»Wir werden lachen über die, die diese Dinge so furchtbar ernst nehmen. Und wenn wir uns langweilen, werden wir uns einfach aus dem Staub machen und das tun, was uns Spaß macht. Denn schließlich brauchen wir das alles ja nicht. Wie du eben sagtest: Wir sind, wenn es darauf ankommt, auch mit einem Zelt oder einer Höhle zufrieden.«

Ankana stieß einen kleinen Schrei aus.

»Du verstehst mich, Osmond, du verstehst mich. Das ist alles, was wirklich wichtig ist.«

»Was im Augenblick viel mehr zählt, ist nur eins: daß ich dich sehr verführerisch, sehr erregend finde. Im Augenblick interessiert mich meine Zukunft nicht, mich interessieren nur meine Flitterwochen.«

»Was kann ich nur tun, daß sie etwas ganz Besonderes werden? Etwas, das dir für immer unvergeßlich bleiben wird?« fragte Ankana.

»Das zum Beispiel!« erwiderte der Marquis.

Er küßte sie, fordernd, leidenschaftlich, bis er fühlte, daß sie ihm antwortete.

Seine Lippen wurden noch ungestümer, seine Küsse heißer.

Zum erstenmal lag auch in Ankanas Küssen eine gewisse Wildheit. Ihre Zurückhaltung schmolz. Er spürte ihr Herz, das hart und rasend zu schlagen begann.

»Ich liebe dich!« rief sie. »Ich liebe dich!«

»Schenke dich mir!« verlangte der Marquis. »Ich möchte dich ganz und ungeteilt besitzen!«

»Ich gehöre dir – mit Herz und Seele.«

»Und mit deinem Körper?« fragte der Marquis mit dunkler Stimme. »Mit deinem schönen, geschmeidigen, hinreißenden Körper?«

»Ja, er gehört dir. O Liebling, liebe mich! Ich möchte dein sein, ganz und bedingungslos dein!«

In diesem Augenblick flutete die Sonne in den Raum und tauchte die Liebenden in ein Meer von Licht.

Ein tödliches Eifersuchtsdrama

Als Band mit der Bestellnummer 11847 erschien:

Aus Eifersucht tötet der adelige Nicholas Sabre seinen Rivalen bei einem Duell. Er flieht nach Neuseeland und führt dort das Leben eines menschenscheuen, einsamen Wolfs. Da taucht eines Tages ein einfaches, couragiertes Mädchen bei ihm auf und behauptet, seine Ehefrau zu sein ...

BASTEI LÜBBE